Aufgewachsen in der DDR

Uwe Fiedler

Wir vom Jahrgang 1961

Kindheit und Jugend

Impressum

Bildnachweis:

Umschlag vorne: Uwe Fiedler
Umschlag hinten: Gisela Kraschewski, Frankenberg

25 Jahre DDR, Verlag Die Wirtschaft Berlin: S. 7 li, 12, 18, 34, 35u, 47u, 51; ullstein bild-SPUTNIK: S. 10; Gisela Kraschewski, Frankenberg: S. 11, 13 o, 14, 17, 19, 20, 21o, 23, 29o, 37; ullstein bild-Zentralbild. S. 13u; ullstein bild-CARO/Christoph Eckelt: S. 21; ullstein bild-Berlin-Press: S. 22u; Archiv, ehemaliges Clubhaus „Clement Gottwald", Karl-Marx-Stadt: S. 23 u re, 35o; ullstein bild-Heritage Image/ Land of Lost Content: S. 24 u, 56li; Frank Kraschewski. S. 25, 39u, 58; Brockhaus Leipzig,1974: S. 26re; Kathrin Rubel. S. 26o, 32o; ullstein bild-Klaus Winkler: S. 28o;
ullstein bild: S. 33; ullstein bild-Karlheinz Schorm: S. 39o; Mosaik von Hannes Hegen @ Tessloff Verlag, Nürnberg: S. 41m; Verlag Neues Leben, Berlin, 1989: S. 41re; ullstein bild-United Archives. S. 44 re; ullstein bild-dpa: S. 48; Der Sozialismus-Deine Welt (c) Verlag Neues Leben, Berlin: S 54o; ullstein bild-Thonke: S. 56re

Alle anderen Bilder stammen aus dem Privatarchiv des Autors.

Wir danken allen Lizenzträgern für die freundliche Abdruckgenehmigung.
In Fällen, in denen es nicht gelang, Rechtsinhaber an Abbildungen zu ermitteln, bleiben Honoraransprüche gewahrt.

9., überarbeitete Neuauflage 2020

Gestaltung und Satz: r2 | Ravenstein, Verden
Druck: Druck- und Verlagshaus Thiele & Schwarz GmbH, Kassel
Buchbinderische Verarbeitung: Buchbinderei S. R. Büge, Celle

34281 Gudensberg-Gleichen • Im Wiesental 1
Telefon: 056 03/9 30 50 • www.wartberg-verlag.de
ISBN: 978-3-8313-3161-1

Vorwort

Liebe 61er!

Wir wuchsen in der DDR auf. Hinter der Mauer. Mit Blick zu den Sternen. Mit Blick nach dem Westen. Wir unterstützten die DDR, wir arrangierten uns mit ihr, fanden unsere Nischen oder wendeten uns bewusst gegen diesen Staat. Es gibt Millionen gegensätzlicher 1961er-Biografien. Kann man über „uns" ein Buch schreiben? Gibt es überhaupt ein „wir"? Allen „unseren" Sichtweisen, Erlebnissen und Erfahrungen gerecht zu werden, ist etwas, was kein Buch zu leisten vermag. Es gibt jedoch eine gemeinsame Schnittmenge; was uns vereint, sind zwei Dinge: Wir wuchsen gemeinsam in einem Land auf, und wir waren jung.

Das war schon ein verrückter Zeitraum, die Jahre 1961 bis 1979! Jene Jahre, in denen wir zwischen Fichtelberg und Kap Arkona, zwischen Lausitz und Magdeburger Börde unsere Kindheit und frühe Jugend erlebten!

Buchstäblich alles schien möglich für die Menschen: grenzenlose Entwicklung und bedrückendste Isolation, die Diktatur alter Männer und die Entdeckung jungen Selbstbewusstseins, die Aussicht auf eine immerwährende Friedensordnung wie auch das Umkippen des Kalten Krieges in einen heißen. Der Weltraum wollte erobert und ein sozialistisches Weltsystem aufgebaut werden. Dafür brauchte man Jugend. Kein Wunder also, dass uns jede Menge staatlich reglementierter Fürsorge zuteilwurde. Das gab uns ein Gefühl des Behütetseins, das jedoch allzu oft in ein Gefühl der Bevormundung und Gängelei umschlug. Geborgenheit und Bedrohung.

Wir übten Solidarität mit Vietnam, sammelten Altpapier für den Frieden, trafen uns mit Sowjetsoldaten und kämpften Angela Davis frei. Wir hörten heimlich RIAS, trugen Stars-and-Stripes-Shirts, lasen verbotene Literatur und Comics und nahmen heimlich „Moscow" von Wonderland mit dem Kassettenrecorder auf. Der überwiegende Teil von uns lebte quasi in zwei Welten und versuchte, das Unvereinbare zu vereinen.

Das war unsere Kindheit und Jugend: Wir lebten in der DDR.

Uwe Fiedler

ZeKiWa und Teddy

Hallo Welt, da sind wir also.
Mit erwartungsvollem Blick ...

Das Jahr 1961

Nein. Man kann überhaupt nicht sagen, dass das Jahr 1961 für die DDR verheißungsvoll begonnen hätte. Scharenweise verließen Arbeitskräfte das Land, eigenem Antrieb folgend, häufig genug jedoch auch gezielt abgeworben. Die volkswirtschaftlichen Schäden waren enorm, im Vergleich zum Jahr 1959 sanken die Zuwachsraten in der Industrie um die Hälfte. Ende des Jahres sollte Walter Ulbricht, seinerzeit der mächtigste Politiker der DDR, die Verluste auf 30 Milliarden Mark beziffern. Die DDR war existenziell bedroht, der Kalte Krieg wurde von zwei Seiten geführt.

Chronik

12. April 1961
Als erster Mensch umkreist der sowjetische Kosmonaut Jurij Gagarin den Erdball.

3./4. Juni 1961
In Wien trifft sich Chruschtschev mit Kennedy, der bekräftigt, sich nicht in Dinge einzumischen, die die Sowjets in ihrer Einflusssphäre unternehmen. Daraufhin steigt die Zahl der DDR-Flüchtlinge drastisch an.

14. Juni 1961
Willi Stoph muss Versorgungsschwierigkeiten bei den wichtigsten landwirtschaftlichen Produkten eingestehen.

13. August 1961
Entgegen Walter Ulbrichts Dementi vom 15. Juni riegeln bewaffnete Kräfte der DDR die Berliner Westsektoren ab. Mit der Mauer wird die Teilung Deutschlands auf die nächsten 29 Jahre festgeschrieben.

24. Januar 1962
Einführung der Allgemeinen Wehrpflicht für alle Männer zwischen 18 und 50 Jahren.

23. Mai 1962
DDR-Unteroffizier Peter Göring wird bei einem Feuergefecht mit Westberliner Polizisten erschossen.

12. Juli 1962
Seit dem Mauerbau wurden 45 Personen bei Fluchtversuchen erschossen.

3./5. Oktober 1962
Das Politbüro verkündet „Sieg der sozialistischen Produktionsverhältnisse".

17. April 1963
Die Volkskammer führt das Leistungsprinzip „Jeder nach seinen Fähigkeiten, Jedem nach seiner Leistung" ins Arbeitsgesetz ein.

16./19. Juni 1963
Die Kosmonautin Walentina Tereschkova ist die erste Frau im All.

14. November 1963
Margot Honecker wird Ministerin für Volksbildung.

8. Dezember 1963
Ulbricht erklärt grundsätzliche Verhandlungsbereitschaft mit der Bundesregierung.

Nicht wenige hofften in dieser Situation auf eine möglichst rasche Wiedervereinigung. Doch mit dem Mauerbau sicherte sich die DDR radikal und brutal ihre Existenz. Für unsere Eltern und uns bedeutete das künftig, dass „der Westen" nicht aus-, sondern wir eingeschlossen wurden.

Das war bitter, zugegeben. Doch trotz der tristen politischen Situation waren die unmittelbaren Bedingungen für unseren Start ins Leben nicht die schlechtesten. Zwar gab es, bedingt durch die Abwanderung von qualifizierten Medizinern nach Westen, örtlich eine medizinische Unterversorgung. Das Gesundheitswesen in der DDR konnte sich sehen jedoch lassen, die Kliniken, in denen die 1961er zur Welt kamen, waren modern und auf der Höhe der Zeit.

Der Schritt ins Leben

Die DDR-Geburtenrate des Jahres 1961 war durchaus mit jener der Bundesrepublik vergleichbar. DDR-Frauen gebaren durchschnittlich 2,3 Kinder und das bei einer extrem niedrigen Säuglingssterblichkeit. Grundlegend unterschiedlich jedoch war die Art und Weise, mit der sich der Eintritt des neuen Erdenbürgers in die Welt vollzog. Zwar gab es vereinzelt Hebammen, die bei Hausgeburten Hilfe leisteten, aber

Eingeengt durchs Steckkissen.

der weit überwiegende Teil von uns kam in den Kreißsälen der Kliniken in den Groß- und Kleinstädten oder auf dem Land zur Welt. Unsere Väter, Geschwister und sonstigen Familienangehörigen bekamen uns auf dem Arm der Säuglingsschwester nur kurz durch das Fenster auf der Entbindungsstation zu sehen. Selbst der Kontakt zu unseren Müttern war knapp bemessen und im Wesentlichen auf die reglementierten Stillzeiten beschränkt. Nach einem Zeitraum von einer Woche bis zehn Tagen verließen wir gesund und mit zusätzlichen Vitamingaben wohlversorgt, in Strampler oder Steckkissen gewickelt, die Klinik und begaben uns in die Obhut unserer Familien – meist mithilfe einer Wolga- oder EMW-340-Taxi-Limousine.

Wir sind's!

Unser Weg führte uns aus der Klinik häufig direkt in einen Mehrgenerationenhaushalt: Großeltern, Eltern, manchmal auch deren Geschwister und schließlich die dritte Generation, der wir und unsere Brüder und Schwestern angehörten. Nicht selten kam es vor, dass unsere Väter nicht mit uns zusammen in diesem Haushalt wohnten und quasi „zu Besuch" kommen mussten, um uns zu sehen.

Das Zusammenleben in diesen Großfamilien brachte Vorteile, verlief aber längst nicht – in der Stadt stärker als auf dem Land – konfliktfrei. Einerseits entlastete das Engagement unzähliger Omas und Tanten unsere Mütter, andererseits trafen Wertvorstellungen, gerade in Bezug auf Kindererziehung und Lebensnormen, aufeinander, die durchaus in heftigen Streit eskalieren konnten. Schließlich waren die Großeltern noch im Kaiserreich sozialisiert worden, während unsere Elterngeneration deutlich vom liberaleren und moderneren Geist der Nachkriegszeit geprägt war.

Die eigenen vier Wände

Unsere Eltern drängten eifrig nach eigenem Wohnraum. Man muss sich verdeutlichen, dass, als wir geboren wurden, der Zweite Weltkrieg vor gerade erst 16 Jahren zu Ende gegangen war. In vielen Groß- und Mittelstädten gab es gewaltige Kriegsbrachen, Ruinen waren während unserer Kinderjahre allgegenwärtig. Intakte Altbauwohnungen stellten also ein rares Gut dar, besonders für junge Ehepaare. Neubauwohnungen, vielleicht sogar mit Kinderzimmer, waren Anfang der 60er-Jahre eine Ausnahme. Entstanden in der Bundesrepublik bis dahin ca. sieben Millionen neue Wohnungen, so waren es in der DDR gerade einmal 800000. Zwar konnte die Lösung der Wohnraumfrage bis zur Wende nie auch nur annähernd befriedigend gelöst werden, aber in der ersten Hälfte der 60er-Jahre stiegen die Chancen auf die eigenen vier Wände durch das Neubauprogramm deutlich an. Wer über die Arbeiterwohnungsgenossenschaften AWG eine Wohnung haben wollte, hatte ein hohes Quantum an „Aufbaustunden" zu leisten: Dienstleistungen im Tiefbau, im Forst oder in der Landwirtschaft.

Da unsere Väter außerdem in der Sechs-Tage-Woche arbeiteten, kann man sich vorstellen, warum viele unserer Generation sehr früh Scheidungskinder wurden. Da – gesellschaftlich wie individuell gewollt – der Großteil unserer Mütter werktätig war, nimmt es nicht Wunder, dass Kinderkrippen und -gärten zur vorherrschenden Normalität wurden.

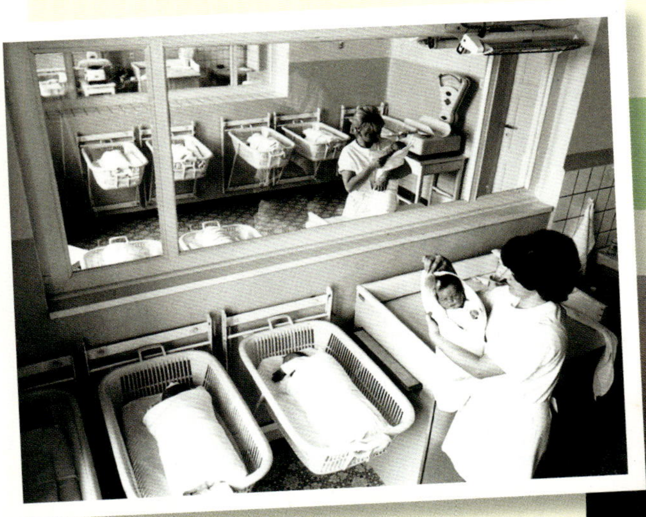

Da herrschte noch ganz schöner Betrieb, wir waren ein geburtenstarker Jahrgang!

Ankunft im Großfamilien-Alltag. Das Klavier musste bald darauf dem Stubenwagen weichen.

Fluffig in Pastell – Mit dem schicken Zeitzer Kinderwagen (ZeKiWa) konnte man sich sehen lassen.

ZeKiWa

Als wir in unsere Kinderwagen gesetzt wurden bzw. allmählich selbst in diese zu klettern in der Lage waren, hatten die mit dem Charme der Vorkriegszeit behafteten, meist cremefarben oder gelblich lackierten rundgelutschten Presspappe- und Sperrholzungetüme endlich ausgedient.

Beim ZeKiWa-Kinderwagen dominierte, besonders bei den beliebten Sportwagen, der frische Geist der 60er: Kunstleder und bunte Wachstuchbespannungen, luftbereifte Speichenräder, Chrom und pfiffige Accessoires wie bunte Klapperketten aus Plastik, dem Material der Zeit, machten das ganze Gefährt zu einer repräsentativen Angelegenheit. Nicht nur, dass wir selbst viel mehr Platz hatten als in den engen und niedrigen 50er-Jahre-Karren. Selbst unsere Großväter, denen es aufgrund ihrer Sozialisation vorher kaum in den Sinn gekommen wäre, sich alleine mit einem Kinderwagen in der Öffentlichkeit blicken zu lassen, spannten uns gerne unseren Müttern und Großmüttern aus, um sonntags „eine Runde“ mit der Kinderkutsche zu drehen.

Auf zwei Beinen

Das Jahr 1962 schließlich wurde für uns das Jahr der ersten Schritte: Erst an den Händen der Erwachsenen, uns festhaltend am Kinderwagen, wurden wir zunehmend mobiler und natürlich auch flinker. Nichts war schöner, bei

Luftig und rasant – unsere Ausflüge im ersten eigenen Sportwagen.

nichts quietschten wir vergnügter, als wenn es uns gelang, aus der Reichweite der Erwachsenen zu entwischen und uns schließlich wieder einfangen zu lassen. Die schlussendliche Gefangensetzung nach unseren Fluchtversuchen endete nämlich häufig in einer rasanten Luftfahrt.

Stolz über das von ihren Sprösslingen Geleistete und erleichtert, dass dabei nichts passiert war, fand der Schwung des elterlichen Zugriffs seine Vollendung im Hochwerfen und Wieder-Auffangen des kleinen Ausreißers.

Lecker, lecker

Nach der Rundfahrt mit Chauffeur im eigenen Wagen, bei der wir mit großen Augen die Welt um uns herum zu entdecken begannen, servierten uns unsere Ernährer Köstliches: Oh, ja – wir waren in den ersten Wochen unseres Erdendaseins anspruchsvoll geworden! Ein fades Breichen aus Grieß oder gar Haferschleim, auf den die Oma so schwor? Fehlanzeige, nicht mehr mit uns! Schon bald standen uns leckere Gläschen „Gemüseallerlei mit Reis“ oder „Apfelreis mit Rindfleisch und Gemüse“ zu. Mit „Möhrchen pur“ aus dem gleichen Sortiment ließen sich KiNa oder Wurzener Nährgries zum hochwertigen Dinner für die lieben Kleinen aufwerten.

Möhrchen passten zu allem – meinten unsere Mütter. Wir nicht. Wir verteilten das Ganze, wie z. B. die pürierte Legende „Leber mit Spinat“, mit einem begeisterten „Pfrrrutsch“ lieber in der ganzen Küche. Die Flecke waren hartnäckig und erinnerten uns – sofern wir unser Lätzchen weitere Jahre tragen mussten – nachhaltig an unsere ersten Akte zivilen Ungehorsams. Was wir so lustig fanden, war jedoch das Leid unserer Mütter und Großmütter. Da nur wenige Haushalte in den 60ern über eine Waschmaschine verfügten, war die Bekämpfung hartnäckiger Flecken durchaus mit Schwerstarbeit verbunden.

Hmm! So lecker, wie das schmeckt, ist's bestimmt kein Spinat mit Leber!!

Der Weg ins All

Kaum war der Sputnik-Schock der 50er-Jahre überwunden, wartete die Sowjetunion mit einer neuen, für den Westen unliebsamen Überraschung auf. Am 12. April 1961 sieht mit dem sowjetischen Testpiloten und Kosmonauten Juri Gagarin der erste Mensch unsere Erde vom Weltall aus als „einen blauen Planeten". Zwar folgt ihm am 15. Mai der amerikanische Astronaut Alan Shepard, die SU aber wird auf dem Weg zu den Sternen auf einige Zeit die Nase vorn behalten. Die erste Frau im All – Walentina „Walja" Tereschkowa, der erste „Weltraumspaziergang" – Alexej Leonow. Alle diese Pioniertaten sollen die Überlegenheit des sozialistischen Weltsystems beweisen und natürlich förderten die unbestrittenen Leistungen die Identifikation vieler Menschen mit diesem System.

Den USA gelingt es erst Ende der 60er-Jahre, die Sowjets zu überholen. Von Kennedy als Reaktion auf den ersten bemannten Weltraumflug als Ziel vorgegeben, gewinnen amerikanische Astronauten den Wettlauf zum Mond.

Püppi und Teddy

Erfolg und Misserfolg beim Essen hingen nicht zuletzt davon ab, wie plausibel es unseren Eltern gelang, uns vorzugaukeln, „Püppi" oder Teddy würden das bereits erwähnte Leber-Spinat-Potpourri „aber auch wirklich ganz

Nein. Meine Suppe ess' ich nicht!

hervorragend!" munden. Überzeugte die Performance, stand der Nahrungsaufnahme nichts mehr im Wege: Wenn unser erklärter Liebling Teddy (oder wahlweise Bello-Hund, Igel Mecki, Reni-Puppe usw.) tapfer das Breichen schluckte, dann, bitte schön, wir doch wohl auch.

Überhaupt teilten wir alles mit unseren Gefährten aus Plüsch und Plastik, die nach und nach die damals beliebten genähten Wachstuch-Spielfiguren, die uns im Kinderwagen begleitet hatten, ablösten. Er/Sie war nach unseren ersten Schritten mit dabei, wenn wir im Hof und Garten unseren Aktionsradius vergrößerten oder wenn wir mit der Familie Ausflüge und erste Reisen unternahmen.

Und sollte angesichts dieser neu zu entdeckenden aufregenden Welt doch einmal ein Erlebnis zu ersten Ängsten und Sorgen beim Einschlafen führen – macht nichts! Der bärenstarke Freund und Beschützer oder die vertraute Puppenfreundin lag fest in unseren Arm gedrückt neben uns. Diese Freundschaft prägte und hielt häufig ein Leben lang.

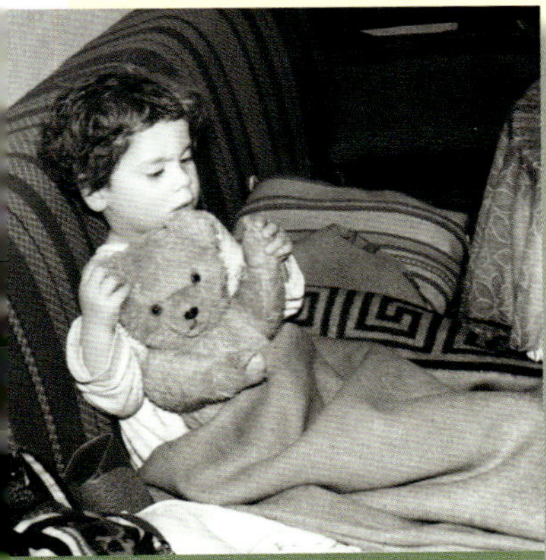

Hallo, großer starker Bärenfreund, Zeit fürs Zu-Bett-Gehen!

Ob unsere Eltern, die Teddy, Hund oder Puppe dem in dieser Hinsicht durchaus nicht faden und armseligen sozialistischen Einzelhandel abgerungen hatten, sich damals haben vorstellen können, dass viele, viele dieser Gefährten nicht nur einen Platz in unseren Herzen bekommen sollten? Liebevoll verpackt in der Bodenkammer und bewahrt für spätere Generationen, oder offen (bzw. heimlich) auf einem exponierten Ehrenplatz im Familienschlafzimmer leben sie bei vielen von uns bis heute.

Die neue Tante

Die „Tanten" in den Krippen und Kindergärten wurden für viele aus unserer Generation zu den wichtigsten außerfamiliären Bezugspersonen, denn nicht überall standen unseren berufstätigen Eltern – Müttern wie Vätern – hilfreiche

Viele neue „Tanten“ und viele, viele kleine Freunde.

Großeltern zur Seite. Sicher bedeuteten die ersten Tage in Krippe und Kindergarten für viele von uns richtiggehenden „Stress“: Nicht nur, dass wir erstmalig dem vertrauten Familienrahmen „entrissen“ wurden. Die durch die Arbeitszeiten der Eltern häufig bedingten frühen Abgabezeiten in den Kindereinrichtungen bedeuteten alles andere als kindgerechte Aufstehzeiten. Selbst als Erwachsene hatten wir häufig genug Gelegenheit, todmüde, verschlafene Zwerge an kalten und zugigen Straßenbahn- und Bushaltestellen zu bedauern.

Singen, Basteln und Spielen

War der Trennungsschmerz und der recht brutale Start in den Tag erst einmal überwunden, fühlten sich die Krippen- und Kindergartenkinder ganz wohl in ihrem neuen Umfeld. Singen, Basteln, Gruppenspiele, Vorlesen aus der Bummi-Zeitung, Spazierengehen, Rodeln im Winter und Baden im Sommer, Märchenfilm-Vorführungen oder Gastauftritte von Puppenspielern waren die wesentlichen Inhalte gemeinschaftlicher Beschäftigung.

Überhaupt, Gemeinschaft, das Kollektiv war die bestimmende Größe der Aktivitäten, was frühzeitig zur Ausbildung „sozialer Kompetenzen“, wie man heute sagen würde, führte. Solidarität, Pflichtenübernahme, Achtung vor dem anderen, Hilfsbereitschaft waren durchaus in den Erziehungszielen der Kindereinrichtungen fixierte Werte, denen wir schon in ganz jungen Jahren folgten: Tischdienste, gegenseitige Hilfe beim Anziehen oder beim Aufräumen der Spielsachen empfanden wir überwiegend als Normalität und Selbstverständlichkeit.

Die rigorose Orientierung auf das Kollektiv hatte die Schattenseite, dass Kinder mit eigenem Kopf häufig genug mit Zwang untergeordnet wurden. Töpfchengehen, Esseneinnahme, Schlafstunden hatten gemeinschaftlich vollzogen zu werden. Hier wurden Normen durchgesetzt. Wer in einem bestimmten Alter noch ins Höschen machte oder den Windel-„Packs“ trug, wer sich vom geliebten Nuckel partout nicht lösen konnte und wollte, wurde schnell zum Außenseiter gestempelt.

Jede Menge Spielzeug.

Sandmännchen Ulbricht?

Was machte denn der Opa nun wieder, der unmögliche Mensch? „Ulbricht!" unkte der, ausgerechnet dann, wenn die auf lange Zeit wichtigste Fernsehperson abends auf der Mattscheibe erschien. Was meinte er damit? Etwa den alten Mann, den wir gelegentlich – lange Reden haltend oder in komischen Hosenträgern bei Sportveranstaltungen mitturnend – im Fernsehen oder auf den Titelseiten der herumliegenden Tageszeitungen zu sehen bekamen? Und was hatte der mit unserem Fernsehliebling zu tun?

Wir konnten das gar nicht verstehen, denn die Analogie zwischen den Gesichtszierden von Sandmännchen und Staatsratsvorsitzendem sollte uns natürlich erst viel, viel später bewusst werden. Egal, unbeeindruckt von Großvaters Gemosere ließen wir uns ins abendliche Ritual fallen.

Zehn vor sieben

Satt und zufrieden vom Leberwurstbemmchen und der Flasche „Früchte C" (dem Kultgetränk mit einem rückblickend unerklärlich hohen Anteil an DDR-fremden Südfrüchten), frisch gewaschen oder gebadet, saßen wir eingewickelt in Badestola oder Decke in der Sofaecke und warteten auf „IHN". Pünktlich, jeden Tag zehn Minuten vor sieben erschien er, der Meister himself. Und was für Auftritte er hatte! Der kam nicht einfach so auf der Wolke angeschwebt wie sein farbloser Westkollege, nein, das DDR-Sandmännchen bediente sich souverän der modernsten Fahr-, Flugzeug- und Raumfahrt-Technologien. Er kam gewandert, per Ski oder Motorschlitten, beherrschte Stabhochsprung und Eiskunstlauf und erreichte damit irgendwann sein Ziel.

Dort angekommen, fand er sich mit anderen Kindern, Tieren oder Märchenfiguren vor dem Bildschirm ein. Es erschien nun der Schriftzug „Abendgruß“ und damit das erste geschriebene Wort, das wir sicher identifizieren konnten. Damit kam nach dem Auftritt des Sandmännchens der zweite Höhepunkt im Zehn-Minuten-Programm: Die Puppen Flax und Krümel mit dem Struppi-Hund, Thaddäus Punkt mit dem magischen Zeichenstift, die Erzählerinnen Solveig, Annamarie Brodhagen oder Frau Puppendoktor Pille. Sie alle erhielten ihrerseits Besuch vom frechen „Pünktchen“:

So richtig geheuer war uns der Flimmerkasten wohl doch noch nicht, deshalb war es gut, wenn der große Bruder mit dabei war.

Und dann waren da natürlich die Bewohner des Märchenwaldes, Fuchs und Elster, Mauz und Hoppel, der altkluge und unangenehm wohlerzogene Igel Borstel nebst „Mutti“ – sie alle boten beste und kindgerechte Vorabendunterhaltung in einer heute kaum mehr vorstellbaren Vielfalt und Kreativität. Bestens unterhalten und in voller Überzeugung, dass der nach dem Abendgruß vom Sandmännchen verstreute Schlafsand uns wirklich hinreichend müde gemacht hatte, setzten wir den Bestrebungen unserer Eltern, uns pünktlich um 19.00 ins Bett zu verfrachten, keinen nennenswerten Widerstand entgegen.

Unsere Promis, geb. 1961

1. Jan.	***Sven Regener,*** *Schriftsteller und Sänger (Element of Crime)*
24. Jan.	***Nastassja Kinski,*** *Schauspielerin (Cat people)*
21. März	***Lothar Matthäus,*** *Fußballtrainer*
24. April	***Dirk Bach,*** *Schauspieler und Kabarettist*
6. Mai	***George Clooney,*** *Schauspieler (Oh brother where art thou?)*
29. Mai	***Melissa Etherigde,*** *Sängerin, Songwriter (The Road Less Travelled)*
9. Juni	***Michael J. Fox,*** *Schauspieler (Zurück in die Zukunft)*
19 Juni	***Alison Moyet,*** *Sängerin (Alf)*
23. Juni	***Karsten Speck,*** *Schauspieler, Moderator*
23. Juli	***Woody Harrelson,*** *Schauspieler (Larry Flynt)*
8. Aug.	***„The Edge“,*** *Gitarrist (U2)*
31. Okt.	***Peter Jackson,*** *Regisseur (Der Herr der Ringe)*
27. Dez.	***Guido Westerwelle,*** *Politiker*

So elegant machte man damals Familienurlaub an der Ostsee.

Andere Welten

Unsere ersten drei Lebensjahre waren für uns Kinder eine weitgehend urlaubsfreie Zeit. Die Urlaubsmöglichkeiten in der DDR waren kaum an den Bedürfnissen von Familien mit Kleinkindern ausgerichtet. Die Ferien wurden daher häufig im örtlichen Strand- oder Freibad verbracht. Aber wenn sich unsere werktätigen Eltern zum Verreisen entschlossen, wurden wir in der Regel der Obhut von Großeltern oder anderer Verwandtschaft übergeben. Abgesehen davon, dass wir dabei meist im Mittelpunkt der Gastfamilie standen und natürlich gnadenlos verwöhnt wurden, eröffneten sich für uns neue Erlebniswelten, vor allem, wenn Stadtkinder zu Verwandten aufs Land kamen oder Kinder vom Dorf in die Großstadt.

In jedem Fall gab es da unendlich viel zu entdecken: Stadtkinder erlebten Hasenstreicheln oder Hühnerjagen, den Iiiih!-Geruch von Mist und Gülle, den Blick in Kuh- und Schweinegroßstall, das Krähen der Hähne, Gurren der Tauben oder das Läuten der Glocken der kleinen Dorfkirche. Kinder vom Dorf bestaunten ihrerseits die Straßenbahn, das Kaufhaus, die abendlichen Leuchtreklamen an den Hochhäusern, den Tierpark und das ganze geschäftige Treiben.

Schließlich – so um die Vollendung des dritten Lebensjahres herum – war es so weit: Wir unternahmen „in Familie" die erste gemeinsame Urlaubsreise! Ob Ostsee, Harz, Spreewald oder Mecklenburger Seen – für uns spielte das Ziel eigentlich überhaupt keine Rolle, denn schon alleine die Fahrt mit der Eisenbahn zum Urlaubsziel war das Aufregendste, was wir je erlebt hatten. Dass der Teddy oder unsere Lieblingspuppe uns dabei begleiteten, verstand sich natürlich von selbst.

Urlaubsnachbarn – neue Freunde für uns.

Erste **Pflichten**

Staubwischen

Unseren Müttern stand, wenn sie „voll arbeiteten", einmal im Monat ein Haushaltstag zu, der natürlich genutzt wurde, um zusätzlich zum obligatorischen Freitag/Samstag-Putz den Haushalt auf Vordermann zu bringen oder Einkäufe zu erledigen.

Klar, dass wir an diesem Tag zu Hause waren, kleinere Pflichten wie Staubwischen übernahmen oder mal mit dem Staubsauger hantierten. Pflichten, wie sie uns in der monatlich erscheinenden, von uns begeistert gelesenen „Bummi-Zeitung", dem Magazin für Vorschulkinder, empfohlen wurden. Zugegeben, so toll war das nicht.

Chronik

2. Januar 1964
Neue Personalausweise für „Bürger der Deutschen Demokratischen Republik" werden ausgegeben.

16.–18. Mai 1964
In Ostberlin findet das letzte „Deutschlandtreffen der Jugend" statt. Beim Berliner Rundfunk nimmt das nach diesem Ereignis benannte Jugendradio „DT 64" den Sendebetrieb auf und bleibt bis nach der Wende „on air".

30. Juli 1964
Die Währung der DDR heißt ab sofort „Mark der Deutschen Notenbank MDN".

7. August 1964
Die USA nehmen den „Tonkin-Zwischenfall" zum Anlass, das kommunistische Nordvietnam zu bombardieren. Der Krieg eskaliert. Weltweit formiert sich eine geschlossene Antikriegsbewegung.

7. September 1964
Für Bürger, die aus Gewissensgründen Militärdienst mit der Waffe ablehnen, wird der Dienst als Bausoldat eingeführt. Die DDR ist damit der einzige Staat im Warschauer Vertrag, der diese Möglichkeit einräumt.

28. Dezember 1964
Die erste Volkszählung auf DDR-Gebiet ergibt 17 003 600 Einwohner, 1,3 Millionen weniger als zur letzten Zählung 1950.

18. März 1965
Der sowjetische Kosmonaut Alexeji Leonov steigt als erster Mensch im All aus seinem Raumschiff aus.

15. Dezember 1965
Die ausgerechnet vom politischen „Betonkopf" Ulbricht eingeleiteten Wirtschaftsreformen – die einzigen in der Geschichte der DDR – zeigen abrechenbare Erfolge: Die Versorgungslage der Bevölkerung hat sich spürbar verbessert. In den Betrieben wird die „Jahresendprämie" eingeführt.

1. April 1966
Für alle Werktätigen gilt die 45-Stunden-Woche.

18. August 1966
Beginn der „Großen proletarischen Kulturrevolution" in China.

Wir sind einkaufsbereit.

Unterwegs mit Mutti

Was uns wirklich Spaß machte, war das gemeinsame Einkaufen. Da gab es die typischen Einzelhandelsgeschäfte, etwa die Molkerei mit ihren großen hölzernen Quarkfässern, wo wir auch schon mal alleine hingeschickt wurden, um Frischmilch mit der Milchkanne zu holen. Überhaupt, die Milch: Wir haben tatsächlich noch Milch getrunken. Gab es Flaschenmilch, wurde erst mal der Sahnering im Flaschenhals mit dem Löffel oder praktischerweise gleich mit dem Finger rausgeholt und abgeschleckt.

Toll waren die Fleischereien, wegen der häufig noch vorhandenen Vorkriegsausstattung mit den prachtvollfarbigen Fliesen-Bildern, die an der Decke oder den Wänden glückliches Vieh in ländlicher Umgebung zeigten.

Weniger ergiebig war hingegen der Besuch im Gemüseladen. Dass da nicht viel los war, erkannten wir an dem fast ewig gleichen Kohl-, Apfel- und

Möhrensortiment. Gab es tatsächlich etwas Besonderes, hieß das in jedem Fall stundenlanges Anstehen. Unsere Anwesenheit war allein deshalb erforderlich, weil gelegentlich die Menge der abzugebenden Bananen, Pfirsiche oder Erdbeerkörbchen von der Kinderzahl abhängig sein konnte.

Konsum und HO

Nach und nach veränderte sich die gewohnte Einkaufslandschaft. Konsum und HO eröffneten sowohl auf dem Land als auch in der Stadt Kaufhallen! Die nahmen unseren Eltern lange Wege ab, alles ging schneller und für uns waren natürlich die chromblitzenden Einkaufswagen besonders attraktiv. Zwar war der Service viel unpersönlicher und der Ton der Verkäuferinnen manchmal sogar schroff, wenn nicht unverschämt. Trotzdem sollten wir selbst viel später das Verschwinden der Tante-Emma-Läden bedauern. Aber die Kaufhalle wurde einfach als modern und fortschrittlich empfunden und brachte unseren werktätigen Eltern eine tatsächliche Zeitersparnis ein.

Große Wäsche

Alle sechs bis acht Wochen machte sich in unseren Familien eine seltsame Betriebsamkeit bemerkbar. Alles fing damit an, dass die Mutter den Vater oder wahlweise die Oma den Opa fragte, ob er denn den Familiennamen im „Waschhausplan" eingetragen hätte. War das der Fall, stand dem familiären Großereignis nichts mehr im Wege:

Faszination Selbstbedienungsladen. Die Einkaufswagen fanden wir besonders toll.

Große Wäsche war angesagt. Los ging's am Donnerstagabend. Das mutigste Familienmitglied musste zunächst mit dem Wasserschlauch ins Waschhaus – im Altbau ein separates Hofgebäude, im Neubau integriert in den Kellern – um die achtbeinigen Waschhausbewohner in den Ausguss zu spülen.

Bereits am Abend wurde das Essen für den nächsten Tag vorbereitet, meist Kartoffelsalat mit Würstchen, den man prima am nächsten Tag auf einer umgestürzten Wanne sitzend im ganzen Familienkreis verputzen konnte. Für uns Kinder war das immer ein Erlebnis. Nirgends sonst konnte man so ungeniert mit Wasser pantschen wie bei dieser Gelegenheit.

Wenn die Kochwäsche im großen Kessel blubberte, waberten dichte Wolken durch das Waschhaus, die, warm und feucht, unvergleichlich nach Seife dufteten. Dazu hantierten die Großen mit den tollsten Instrumenten, die wir natürlich alle ausprobieren mussten: Wäschezangen und große hölzerne Rührlöffel, der Wäschestampfer, um die Buntwäsche gleichmäßig im Seifenzuber durchzuwalken oder die langen Wäschestützen, die verhinderten, dass die großen Wäschestücke wie Gardinen oder Bettlaken („Ziechen" sagte man mancherorts dazu) auf dem Boden schleiften.

Buntwäsche raus, Familie rein. Die Zinkwanne wird nach dem Waschtag zum Swimmingpool.

Die Bleiche

Und natürlich durfte die Gießkanne nicht fehlen. Die kam auf unserer geliebten Wiese hinterm Haus zum Einsatz, die allerdings während der Wäsche nicht zum Spielen benutzt werden durfte, sondern sich zum „Bleichplan" verwandelte. Auf ihr wurde die Kochwäsche ausgebreitet und dann kamen wir und besprengten die Bettlaken mit Wasser. Den Rest besorgten Sonne und Wind, die ganz ohne „Weißen Riesen" die Wäsche „weißer als weiß" bleichten. Dass dieses heute sehr umständlich anmutende Verfahren die Mühe lohnte, wird wohl jeder bestätigen, der sich an den Duft frisch aufgezogener luftiger, blütenweißer Bettwäsche erinnern kann.

Geschafft, die Wäsche hängt auf der Leine.

Schmutzig geht doch auch?!

Zugegeben, wir hatten es nicht so mit den Sauberkeitsbemühungen unserer Erziehungsberechtigten. Warum Knie waschen, wenn die beim Toben auf der Wiese nach ein paar Minuten ohnehin wieder eine grün-graue Farbe angenommen hatten? Und das bisschen Dreck unter den Fingernägeln nach dem Buddeln im Sandkasten war doch wohl zu verschmerzen.

Bemerkten wir die Schmutzspuren selbst, galt es jedoch, erst einmal misstrauisch zu sein. In jenen Tagen nämlich war ein berüchtigtes Reinigungsmittel im Gebrauch, das gern von unseren Großmüttern angewandt wurde: Taschentuch und – genau! – Spucke. Wobei man von Glück reden konnte, wenn es die eigene war.

Ein Reinigungsakt, dem wir uns jedoch überhaupt nicht verschlossen (vielleicht, weil wir der Meinung waren, einmal die Woche sei völlig ausreichend), war der Badetag – in Sachen Hygiene eindeutig der Höhepunkt der Woche.

Der Badetag war für uns nicht zuletzt deshalb von Interesse, weil er uns die Möglichkeit eröffnete, abends etwas länger aufzubleiben. Schließlich mussten wir erst richtig trocknen, und weil wir vom Baden hungrig geworden waren, zog sich das Abendessen etwas länger hin als gewöhnlich. Da wir nun schon etwas älter waren, drückten die Erwachsenen auch mal ein Auge zu, wenn wir nach dem Bad ein paar Minuten fernsehen wollten. Der Freitag war als Badetag verbreitet, häufig aber auch der Sonnabend. Was jedoch am stärksten differierte, waren die Rahmenbedingungen, unter denen sich das wöchentliche Ritual vollzog.

Gasheizer, Badeofen und Zinkwannen

In der Neubauwohnung hieß es: Gasheizer auf (misstrauisch von uns beäugt, denn die Flammen des Boilers jaulten nicht nur laut, sondern sahen gefährlich aus), heißes Wasser in die Wanne, fertig. Etwas komplizierter verlief das Ganze im Altbau, denn da musste ein gigantisches Ungetüm, der Badeofen, angeheizt werden, um warmes Wasser zu bekommen. Und schließlich gab es zu dieser Zeit – und das beileibe nicht nur auf dem Land – jede Menge Wohnungen, die überhaupt kein Bad hatten. In Großstädten konnte dieser Mangel durch städtische „Brause- und Wannenbäder" kompensiert werden, in der Regel aber half man sich in den Haushalten selbst: Große Zinkwannen („Asch" sagte man in manchen Gegenden dazu) wurden in die beheizte Küche gewuchtet und Wasser auf dem Herd heiß gemacht. Die Familie badete in der Reihenfolge „vom Saubersten zum Schmutzigsten" im selben Wasser!

Alternativ dazu sah der Ablauf den Einsatz der kleinen Plastewanne auf dem Küchentisch vor, in dem die Kleineren abgeschrubbt wurden. Egal aber, ob neue Emaillewanne oder Zink-Asch, was das Baden für uns Kinder attraktiv machte, war der exzessive Einsatz von Badezusatz: Baden war nur interessant, wenn es ordentlich schäumte. Fichtennadelschaumbad, das anfangs der Renner war, wurde abgelöst von dem vor allem von Kindern geliebten BADUSAN in der Plastikverpackung – wahlweise als Fisch, Boot oder Ente.

„ttt“

Durften wir samstags länger aufbleiben, hatten wir Gelegenheit, nach dem Sandmännchen ein heute fast vergessenes Phänomen des DDR-Fernsehens kennen zu lernen, nämlich den Werbeblock „Tausend Tele-Tipps“: Da kamen von uns als ausgesprochen blöd empfundene Beiträge wie der mit dem penetranten „Bade-Boy“, der einer Bademaus „blaues Schaumbad Exkurat“ offerierte und von einem Frauenchor mit unmöglichen Stimmen angesäuselt wurde.

Toll fanden wir die Werbetrickfilme mit einer bemerkenswerten Langzeitwirkung: Der „Minol-Pirol“, der „stets dienstbereit zu Ihrem Wohl“ war, der Kraftfahrer mit dem Alkoholproblem „Schnaps und Bier – wer kann mir!“, der schließlich am Baum landete, oder jener zerstreute Zeitgenosse, der beim Fernsehen („... es zeigt sich die Verfolgergruppe, die Spannung steigt, und auch die Suppe!“) den eingeschalteten Gasherd vergaß und gerade so einen schlimmen Unfall verhindern konnte.

Höhepunkt bei „ttt“ aber waren die im „Mini-Kino“ gezeigten Kurzfilm-Serien wie „Lolek & Bolek“ aus Polen, „Arthur der Engel“ und „Gustav“ aus Ungarn. Sie haben sich bei vielen unseres Jahrganges dauerhaft im Gedächtnis erhalten.

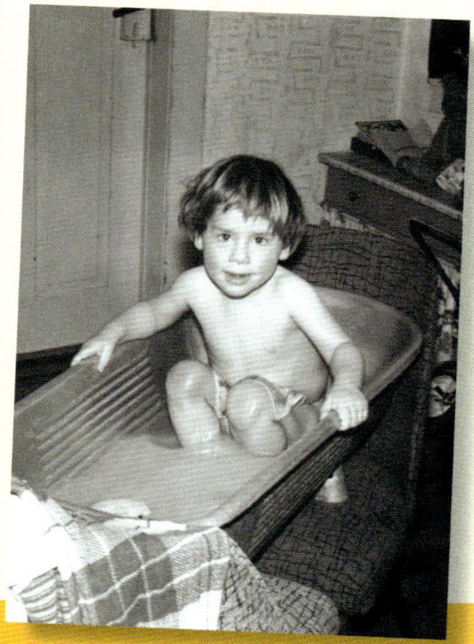

Man nehme: zwei Küchenstühle und eine Plastewanne, und fertig ist das Badezimmer!

Endlich Weihnachten

Natürlich bildete das Weihnachtsfest für uns den Höhepunkt des Jahres. Die ganze Adventszeit stand im Zeichen der Vorbereitung und im Zeichen wachsender Spannung. Mitte Dezember wurde auf dem Weihnachtsmarkt der Baum gekauft. Den schmückte am

Beliebt wie anderenorts das HB-Männchen: der Minol-Pirol im DDR-Werbefernsehen.

Der festlich geschmückte Baum war der Mittelpunkt des Weihnachtsfestes.

Abend vor Weihnachten entweder der Großvater heimlich, oder wir halfen mit der ganzen Familie.

Wir hatten natürlich Weihnachtsengel und Pyramiden und keine „geflügelten Jahresendfiguren“ oder „Lichterkarusells“, wie man uns später weißmachen wollte. Heiligabend wurde in der Familie gefeiert, und selbstverständlich polterte der Weihnachtsmann mit dem Sack voller Geschenke in das festlich geschmückte Wohnzimmer. War Weihnachten vorbei, stand mit Silvester der nächste Höhepunkt an. Wir wollten natürlich wie die Großen bis zum Jahreswechsel wach bleiben und das Feuerwerk anschauen. Meist jedoch wurden wir ins Bett geschickt und erst kurz vor zwölf geweckt. Damals wurde weniger auf den Straßen, dafür mehr in den Wohnzimmern „geknallt“. Die Erwachsenen brannten Tischfeuerwerke ab und wir durften als Höhepunkt des Abends die Knallbonbons auseinanderziehen.

Mit Anbruch des neuen Jahres schließlich konnten wir die Faschingszeit kaum erwarten. Dass sich alle Kinder kostümierten, im Kindergarten, in der Schule oder in Klubhäusern feierten, war die Regel. Dazu gehörte ebenso das gemeinschaftliche „Betteln“ in den Häusern: Sieger unter den Kindern war am Faschingsdienstag derjenige, der den vollsten Bettelsack mit nach Hause brachte.

Silvesterstimmung und Konfetti.

Klubhäuser und Kindergärten veranstalteten prima Faschingsfeten.

Auf Klettergerüsten und Rutschen konnten wir stundenlang toben, ohne müde zu werden.

Nie alleine

Wenn wir raus zum Spielen gingen, war eines sicher: Wir blieben nicht lange allein. Da Neubauwohnungen bevorzugt an junge Familien gegeben wurden, entsprach die Zahl der Kinder eines Hauses annähernd der Zahl der Mietparteien, häufig also zehn und darüber. Altbauten waren meist kinderärmer, dafür spielten langjährige Nachbarschaften eine größere Rolle, aus denen sich die Kindergruppen, zum gemeinsamen Spiel zusammenfanden.

Egal also, ob in der Stadt oder im Dorf, wir hatten jede Menge Spielgefährten, und das beileibe nicht nur innerhalb unserer Altersgruppe. Dass Kinder im Alter von zwei bis zwölf/dreizehn Jahren, Mädchen und Jungen, zusammen im Hof, auf Spielplätzen, in Gärten oder – was angesichts der geringen Automotorisierung recht gefahrlos möglich war – auf der Straße spielten, war völlig normal. Es war sogar üblich, Kleinkinder in die Obhut größerer Kinder zu geben. Besonders unsere Großmütter organisierten solche Patenschaften souverän und es funktionierte.

Beatlemania

Mochte Ulbricht auch noch so sehr über ihr „ewiges Yeah Yeah (Finger anfeuchten, Seite umblättern) Yeah!" wettern – den Siegeszug der Fab Four aus Liverpool vermochte die Staatsgrenze der DDR nicht aufzuhalten. Bereits um das Jahr 1963 herum erschien die erste Beatles-LP in der Republik! Überall schossen Anfang der 60er-Jahre in der DDR die Beat-Bands wie Pilzköpfe aus dem Boden: die Butlers, Guitarmen und Shatters konnten sich mit „Big Beat" auf dem staatlichen Schallplattenlabel AMIGA hören lassen.

Wenige Wochen nach Erscheinen dieser LP war es mit der Beat-Herrlichkeit in der DDR vorbei und die meisten der einheimischen Protagonisten längst wieder verboten. Die Staatspresse schimpfte über die „Amateur-Gammler" und auf der Straße konnte es geschehen, dass der gerechte Volkszorn im Verbund mit der Polizei den Langhaarigen die Köpfe schor. Ganz wie in der Bundesrepublik – in dieser Frage waren sich die Spießer beider Nationen einmal einig.

Friedlich

Egal, ob im Winter Schneemänner oder Schneehöhlen gebaut wurden oder ob es auf den Rodelberg ging, egal, ob sich im Sommer der Wäscheplatz in eine Zeltstadt aus Wäscheleinen, Klammern und Decken verwandelte oder die Zinkwannen aus dem Waschhaus zum Pool umfunktioniert wurden: Groß und Klein erlebten es in friedlicher Koexistenz, selbst wenn die Kleinen lediglich als „Haltemast“ für die Schlaufe aus Schlüpfergummi beim von Mädchen manisch betriebenen „Gummitwist“ Beachtung fanden.

Die meisten Spiele machten nur in einer großen Gemeinschaft Spaß, sodass es ganz natürlich war, wenn dabei auf jeden zurückgegriffen wurde, der gerade „draußen“ war. Beim Verstecken, bei Einkriegespielen wie „Fangen“ oder „Steh-Geh“ oder uralten Gruppenspielen, die in irgendeinem Winkel überlebt hatten („Meister, wir woll'n Arbeit ham“; „Wenn der Kaiser übers Land kommt“) gehörte unsere Altersgruppe zwar selten zu den unmittelbaren Gewinnern; wir gewannen aber auf andere Weise. Wir wurden flink und beweglich und lernten langsam, unseren Platz in der Gruppe zu behaupten.

Zum Planeten der Stürme

Auf den Spielplätzen, besonders auf denen, die in den Neubaugebieten neu angelegt worden waren, war Kreativität gefragt. Neben den herkömmlichen Sandkästen, Wippen oder Karussells entstanden Klettergerüste, die auf den „wissenschaftlich-technischen

Immer dicht umlagert: der Sandkasten im Hof.

Wir kannten viele Gruppenspiele, die heute in Vergessenheit geraten sind.

Klettergerüste beflügelten unsere Fantasie. Wir ritten durch die Wüste oder flogen zu den Sternen.

Fortschritt“ Bezug nahmen. Kletterpilze waren bald aus der Mode, dafür gab es Automobile, Flugzeuge oder Raketen. Wir hängten uns nur zu gern an die „Großen“. Wir bewunderten sie, weil sie unendlich viel Fantasie in das Spiel einfließen ließen und mit ihren Erfahrungen aus Kino und Fernsehen aus dem Stahlgestell des Klettergerüstes tatsächlich das Raumschiff machten, mit dem wir – auch wenn wir lediglich als Passagiere hinten sitzen mussten – gemeinsam zum „Schweigenden Stern“ oder dem „Planeten der Stürme“ flogen.

Glücklich konnte sich schätzen, wer über ein Kinderzimmer oder zumindest eine Spielecke verfügte. Hier „lagerte“ herkömmliches wie modernes Spielzeug: Kasperletheater neben ferngelenkten Fahrzeugen, Puppenstube oder Kaufmannsladen neben den – übrigens auch bei Mädchen beliebten – Plastikindianern mit Zelten, Forts und jeder Menge zugehörigen Tieren.

Eisenbahn oder ferngesteuerter Straßenkreuzer – Spielzeugtraum von Jungen und Mädchen.

Der Zoo mit dem Streichelgehege war eines unserer beliebtesten Ausflugsziele.

So brav waren wir auf unseren Sonntagsspaziergängen.

Familienausflug

Je nach regionalen Möglichkeiten gab es eine Menge Sonntagsziele, zu deren Besuch man uns nicht erst groß überreden musste. Waldspaziergänge waren ein Erlebnis. Im Winter, wenn der Schlitten mitgenommen wurde, im Sommer, wenn Beeren kostenloses Naschvergnügen bescherten, oder ganz einfach zwischendurch, wenn wir der Aufsicht der Erwachsenen entwischten und durchs Unterholz oder über Waldwiesen mit Sonnenflecken flitzten. Ein Ausflug war besonders gelungen, wenn einer der Erwachsenen mit uns am Waldbach Rindenschiff oder Wasserrad baute oder im Frühjahr aus frischen Weidenzweigen eine Pfeife schnitzte. Auch die Städte mit ihren Möglichkeiten wurden zunehmend von uns entdeckt. Der Tierpark lockte und Museen begannen interessant zu werden: Wir besuchten Naturkunde- und Spielzeugmuseen und geheimnisvolle Burgen, die unsere Fantasie beflügelten.

Schlimm aber waren Ausflüge, die in einem Gartenlokal endeten, vor dem eine Tanzfläche aufgebaut war. Blaugespülte Großmütter, graue Handtaschen überm Arm, tanzten zusammen, während wir uns – ruhiggestellt bei einer roten oder grünen Brause – auf unbequemen Gartenstühlen, zwischen denen Hühner im Kies scharrten, tödlich langweilten. Das war aber eher die Ausnahme.

Der Kinderwagen war längst passé, aber im Leiterwägelchen ließen wir uns noch gern fahren.

Flimmerstunde

Der freche Kobold Pittiplatsch war der Liebling aller Kinder.

Wenn das Wetter nicht mitspielte oder die Familie einfach keine Lust auf größere Aktivitäten hatte, waren die Wochenenden dennoch niemals langweilig. Neben unseren vielen Spielgefährten sorgte dafür das Kinderfernsehen, das allmählich zu einem festen Bestandteil unserer Freizeitgestaltung wurde. Samstagnachmittag fanden wir uns, vielfach mit einer Menge Freunden aus fernsehlosen Haushalten, zur „Flimmerstunde“ ein.

Professor Flimmrich zeigte Kinderfilme, erklärte sie, stellte Schauspieler oder neue Kinoproduktionen vor. Das Spektrum der gezeigten Filme umfasste Märchen- oder Kinderfilme, meist aus der DDR („Die Suche nach dem wunderbunten Vögelchen“, „Reise nach Sundevit“, „Lütt Matten und die weiße Muschel“, „Das kalte Herz“) oder den sozialistischen Staaten („Frechdachs“ aus Ungarn, „Prinz Bajaja“ aus der Tschechoslowakei, oder „Die steinerne Blume“, „Ilja Muromez“ oder „Das Zauberkorn“, alles sowjetische Märchenfilme).

Auch der Sonntagvormittag stand im Zeichen des Kinderfernsehens: Der sportliche „Addi“ lud zu Wettkämpfen bei „Mach mit – mach's nach – mach's besser“ ein, häufig im Wechsel mit den „Flax-und-Krümel“-Puppenspielen oder einem für bereits größere Kinder gedachten Fernsehspiel. Fernsehhöhepunkt am Wochenende war jedoch am Sonntagnachmittag der „Besuch im Märchenland“, zu dem Meister Nadelöhr, Kobold Pittiplatsch, Schnatterinchen und der altkluge Bummi-Bär (später ersetzt durch den noch altklügeren Sowjetimport Mischka) einluden. Waren die dort gezeigten Trick- und Märchenkurzfilme bereits spitze, konnte nichts jene Sendungen toppen, die ausschließlich den Abenteuern der Märchenwaldbewohner gewidmet waren, wobei der freche Pitti wie die aus dem Abendgruß bekannten Figuren Fuchs und Elster unsere absoluten Favoriten waren.

Wartet nur, nicht mehr lange und wir fahren auch so eins …

… wir bereiten uns schon mal mit dem ersten eigenen Dreirad darauf vor!

Der Roller

Langsam kam Dynamik in unser Freizeitverhalten. Der Sportkinderwagen war längst passé, wenn überhaupt, dann ließen wir uns im Handwagen mal ein Stückchen ziehen. Dass wir schnell flitzen konnten, hatten wir im Gruppenspiel oder bei gelegentlichen Ausbruchversuchen aus elterlicher Obhut hinreichend erprobt und bewiesen. Das reichte uns nicht, uns verlangte nach schnellerer Fortbewegungsart. Im Auto, im Seitenwagen des Motorrades, auf dem Trecker oder Mähdrescher mitgenommen zu werden, war das Größte.

Unser Sinnen und Trachten war auf ein eigenes Transport- und Fortbewegungsmittel gerichtet. Glücklicherweise fanden sich in vielen Haushalten alte Dreiräder und Roller, die von unseren Vätern repariert und neu lackiert wurden. Die waren in der Regel nicht sehr attraktiv, zumal, wenn es sich bei den Rollern um die dreirädrigen Holzmodelle handelte. Da neue, farbig lackierte und zum Teil verchromte Luftroller, versehen mit Klingel, Bremsen und Wimpel, teuer waren, konnten wir uns glücklich schätzen, wenn so ein Ding unterm Weihnachtsbaum stand. Das war für uns wie ein Fünfer im Lotto! Der Roller wurde für Jungs und Mädchen zum treuen Begleiter, der erst durch das erste Fahrrad abgelöst werden sollte.

Ungefähr ein Fünftel ihres Lohnes mussten unsere Eltern hinlegen, wenn sie uns den Wunsch nach einem solchen Roller erfüllen wollten!

Zuckertüte und Niethose

Das Ereignis

1968 war unser großes Jahr. Schulanfang, der Aufstieg in die Welt der fast Erwachsenen! Das war das Ereignis, nicht nur wegen der Zuckertüte(n), die – wer hatte da was von „Mangelwirtschaft" gesagt? – prall gefüllt waren. Wir freuten uns auf die Schule, zweifellos, und wir waren gut vorbereitet. Wir hatten im Kindergarten oder in der Vorschule ein paar Buchstaben kennengelernt, konnten recht weit zählen, kannten viele Kinderlieder und wussten, dass Kühe nicht lila sind. Mit ein bisschen Glück kamen unsere Freunde und Freundinnen aus dem Haus oder dem Kindergarten zusammen mit uns in die mit über 30 Kindern recht großen Klassen. Wenn nicht, auch gut: Wir wussten, wir lernten neue Freunde kennen, die uns in den nächsten acht oder zehn Jahren begleiten würden.

Chronik

1. Januar 1967
Die Gründung der Kommune 1 in Westberlin mit Rainer Langhans, Fritz Teufel und Uschi Obermaier wird von der SED mit Misstrauen, von vielen DDR-Jugendlichen jedoch mit Hoffnung betrachtet.

20. Februar 1967
Das „Gesetz über die Staatsbürgerschaft" grenzt die Bevölkerung von DDR und Bundesrepublik weiter voneinander ab.

23. März 1968
Der tschechoslowakische Präsident Dubcek wird anlässlich eines Treffens sozialistischer Staatsoberhäupter mit dem Vorwurf der Konterrevolution konfrontiert. Die Ereignisse kulminieren im „Prager Frühling" und enden mit dem Einmarsch von Truppen des Warschauer Vertrages in die CSSR.

12.–27. Oktober 1968
Bei den Olympischen Sommerspielen in Mexico treten erstmalig zwei getrennte deutsche Mannschaften an.

8. Mai 1969
Kambodscha nimmt als erstes nichtsozialistisches Land Beziehungen zur DDR auf.

21. Juli 1969
Mit der Mondfähre „Eagle" landen Neil Armstrong und Edwin Aldrin als erste Menschen auf dem Erdtrabanten.

15.–17. August 1969
Noch ein kosmisches Erlebnis: Woodstock-Festival – das „bedeutende planetarische Ereignis" (Allan Ginsberg) hat weltweit lang wirkende Auswirkungen auf jugendliche Subkulturen, nicht zuletzt auch in der DDR.

2. Februar 1970
Ernste Versorgungsengpässe in der DDR. Mit enormem Propagandaaufwand werden daraufhin Lebensmittel aus der Sowjetunion herangeschafft.

April 1970
Im Untergrund der Bundesrepublik bauen Ulrike Meinhof, Andreas Baader und andere nach dem Vorbild südamerikanischer „urban guerillas" die „Rote Armee Fraktion" auf.

Die Zuckertüte versüßte uns den ersten Schultag.

Der große Tag

Am großen Tag wurden wir herausgeputzt. Blanke Schuhe, weiße Strümpfe, die Mädchen im Kleid (oder im verhassten Dirndl, was den Tag durchaus etwas trübte), und manche Jungen machten das erste Mal Bekanntschaft mit Fliege oder Schlips. Der offizielle Akt der Schulaufnahme war feierlich, auch wenn wir nicht so richtig verstanden, was der schwitzende Festredner eigentlich von uns wollte.

Etwas anderes hingegen war der kulturelle Teil, der von Schülern der größeren Klassen gestaltet wurde. Das war interessant und spornte an, denn wir wollten möglichst bald wie sie auf der Bühne der Schulaula stehen, um als „Große" die nachfolgenden „Einser" in die Schule aufzunehmen. Spannend wurde es, als unsere künftigen Lehrerinnen (männliche Kollegen gab es in der Unterstufe kaum) uns in die Klassen-

Feierlicher Aufmarsch der Erstklässler.

zimmer führten: Hierbei mussten wir erstmalig unsere „Menschenkenntnis" aufbringen. Mit vorsichtigem Blickkontakt sondierten wir, neben wem wir die nächsten Jahre am liebsten in der Schulbank sitzen wollten.

Der Mann mit der Antenne

Langsam begannen wir zu entdecken, dass „Fernsehen" nicht gleich „Fernsehen" war. Alles begann zunächst mit einem seltsamen Ritual. Wenn es dunkel wurde, holten Vater oder Großvater eine mannshohe längliche Metallschleife aus dem tagsüber von außen nicht sichtbaren Versteck und befestigten das Ding am Fenster oder der Balkonbrüstung. Dann wurde der „Mann mit der Antenne" vom Wohnzimmer aus, in dem in der Zwischenzeit der Fernseher eingeschaltet wurde, lautstark mit den Worten „Nach links, nach links, nach rechts – zurück" so lange über den Balkon dirigiert, bis sich ein Fernsehbild, das je nach Witterung oder sowjetischer Störtätigkeit nur gelegentlich so genannt werden konnte, einstellte.

„Sprich mit niemandem darüber. Westfernsehen!", wurden wir streng ermahnt, nahmen das allerdings nicht so ernst, denn wir merkten langsam, dass fast alle „Westfernsehn" guckten. Die nach dem Fernsehumsetzer auf dem gleichnamigen Berg

Vorsichtig hinter der Balkonbrüstung angebracht – die Westantenne Marke Eigenbau.

genannten „Ochsenköpfe“, eben jene Behelfsantennen an den Balkons, kamen in allgemeinen Gebrauch: zehn Mietparteien, zehn Ochsenköpfe. So wuchsen wir in zwei Welten auf, denn selbstverständlich wurde das, was der Feindsender zu bieten hatte, genauso intensiv konsumiert wie unsere vertrauten Kindersendungen im DDR-Fernsehen.

Yabbadabbadooh! Fred Feuerstein wurde unser neuer Trickfilmliebling.

Unsere Lieblingssendungen

Groß und Klein fanden sich im Fernsehzimmer ein, wenn Oma, obwohl die auf die langhaarigen „Gammler“ schimpfte, auf schüchternen Wunsch der Teenager im Haus den „Beat Club“ mit Uschi Nerke und Manfred Sexauer einstellte. An „Flipper“ und „Fury“ schieden sich die Geister: Mädchen mochten diese Serien, Jungs standen eher auf „Rauchende Colts“, „Shiloh Ranch“ oder „Time Tunnel“. Ganz toll aber waren die meist im „Dritten“ laufenden Vorabendserien: „Die Macht des Geldes“, „Alias Smith und Jones“, „Floris Rosemund“, die „Onedin-Linie“ oder „Familie Feuerstein“, die in unserer Gunst längst gleichberechtigt neben den Helden des DDR-Kinderfernsehens standen.

Der Ernst des Lebens

Nein, spielerisch haben wir uns dem Schulalltag gewiss nicht genähert. Gleich an den ersten Tagen spürten wir, dass „der Ernst des Lebens“ begonnen hatte. Wir mussten ein ganz schönes Pensum absolvieren, mit Buchstabenkärtchen und den ersten Fibeltexten, mit dem Heiko-Füllfederhalter und den bunten Rechenstäbchen, mit Kreide an den Fingern und dem unverwechselbaren Geruch frischer Hefte und Plastikumschläge in der Nase.

Wer aber wollte denn nicht so schnell wie möglich lesen, schreiben und rechnen lernen? Offenbar war die schulische Ausbildung nicht die schlechteste, denn immerhin stand am Ende des Lehrplanes der ersten Klasse bereits der erste Deutschaufsatz („Auf der Post") an, den wir erfolgreich bewältigten!

Trotz eines ziemlichen Leistungsdruckes machte den meisten von uns das Lernen Spaß, neben Deutsch und Mathematik gab es Heimatkunde (Wer kann denn noch alle Frühblüher aufzählen?), Schulgartenunterricht, Sport, Zeichnen und Musik. Zwischendurch kam der Schularzt, sah nach den Zähnen und nahm, wie im Kindergarten, die turnusmäßigen Schutzimpfungen vor.

Die Schulspeisung – nicht die angenehmste Erinnerung.

Unser Arbeitstag

War gegen Mittag der Unterricht beendet, hieß das nicht etwa, dass wir Freizeit hatten. Nach der von uns als ziemlich grausam empfundenen Schulspeisung (besonders gefürchtet: Gräupchen oder der in seiner Farbe an sowjetische Panzer oder Schlimmeres erinnernde Spinat mit Rührei) ging es, egal ob auf dem Land oder in der Stadt, bis zum Nachmittag in den Schulhort. Im Gegensatz zu unseren Lehrern mochten wir die Hortnerinnen nicht besonders. Dass Schule mit Disziplin einhergehen sollte, sahen wir durchaus ein. Auch die im Hort gemeinschaftlich angefertigten Hausaufgaben hatten sicher etwas für sich. Mit reglementiertem Spielen jedoch mochten wir uns nicht so recht anfreunden.

Das einheitliche Erscheinungsbild der Schüler in Pionieruniform blieb oft eine Wunschvorstellung der Partei. Meist verschwand das Halstuch nach offiziellen Akten wieder im Ranzen.

Was ist noch im Gedächtnis geblieben? Ach ja! Unsere Schulwoche war härter als die Arbeitswoche unserer Eltern, denn die hatten jetzt samstags frei, während wir auch an diesem Tag bis mittags die Schulbank drückten!

Vergleichswettkämpfe zwischen Schulen, Gemeinden, Städten und Bezirken gehörten zu unserem Alltag.

Bewegung macht Spaß

„Jeder Mann an jedem Ort – In der Woche einmal Sport" war ein gängiger Slogan jener Jahre. Auch wenn der vordergründig darauf abzielte, ein gesundes Staatsvolk für den störungs-, vor allem krankheitsfreien Aufbau der entwickelten sozialistischen Gesellschaft heranzuziehen – Sport war für die meisten von uns ein Grundbedürfnis und eine Selbstverständlichkeit. Kaum einer, der nicht wenigstens einer oder mehreren Schulsportgemeinschaften angehörte oder in den Sportorganisationen der Berufsgruppen und Verbände aktiv war, bei „Traktor", „Dynamo", „Turbine", „Post", „Rotation" oder „Vorwärts".

Bewegung machte Spaß, man war unter Freunden und Gleichgesinnten und entwickelte Teamgeist. Sport spornte unseren Ehrgeiz an, zumal die Spitzensportler der DDR, Gustav „Täve" Schur, Karin Janz, Renate Stecher oder Gaby Seyfert gesellschaftliche Leit- und Vorbilder waren, denen wir gern nacheiferten.

In den Schulen wurden jährlich Sportfeste und Schulmeisterschaften durchgeführt, je nach Region im Sommer und im Winter, es gab Vergleichswettkämpfe, zentrale Cross- und Staffelläufe.

Aber auch außerhalb des organisierten Sports waren wir aktiv: Das Fahrrad war ohnehin unser

Schon im Kleinkindalter trieben viele von uns Sport und Gymnastik.

bevorzugtes Fortbewegungsmittel, wir waren in den Frei- und Hallenbädern fast heimisch und der Winter gehörte dem Ski-, Eislauf- und Rodelvergnügen.

Gelegentlich bekamen wir in der Schule Besuch: Delegationen der DHFK, der Sporthochschulen und Leistungszentren, hospitierten im Sportunterricht auf der Suche nach jungen Talenten. Die Klassenbücher wurden inspiziert, denn mögliche Nachwuchskandidaten für den Leistungssport mussten nicht nur sportliche, sondern ebenso schulische Spitzenleistungen vorweisen können. In den „Kopfnoten" Betragen, Fleiß, Ordnung und Mitarbeit sollten die Kandidaten wenigstens zur Note „Zwei" tendieren.

Modebewusst

Ob es daran lag, dass wir häufig mit älteren Spielgefährten zusammenkamen, können wir nicht mehr mit Sicherheit sagen. Jedenfalls verabschiedeten wir uns so langsam von unseren typischen Kinderklamotten. In den ersten Schuljahren war zwar die kurze Lederhose sowohl bei Jungen als auch bei Mädchen an heißen Sommertagen „en vogue". Aus der mehr oder weniger „schicken" Schulanfangskledage aber waren wir herausgewachsen.

Als wir auf das zehnte Lebensjahr zugingen, gab es für uns ein Objekt der Begierde: Das war blau, hatte gelbe Steppnähte und Nieten an den Taschen. Jeans hieß das neue Zauberwort. Wir lernten, dass es „Richtige" wie Levi's, Wrangler oder Lee gab, lernten aber auch, dass die für uns so gut wie unerreichbar waren. Wenn's hoch kam, lag bei denen, die Westverwandtschaft hatten, eine Jinglers-Jeans („Die einzigen Jeans, die sich auch hören lassen können" – die mit den Glöckchen am Hosenbein) im Weihnachtspaket. Wer keine Tante in der Bundesrepublik hatte, musste Geduld aufbringen, denn ab und an gab es – nun ja – Jeans dubioser Herkunft (China, Ungarn, Polen) offiziell im Handel.

Die ersten Jeans und ein buntgeringeltes „Nicki" – wir wurden modebewusst.

Mittels bunter Borten wurden unsere Lieblingshosen verlängert.

Gehörte man zu den Glücklichen, die so ein Stück ergattert hatten, sorgte man sich peinlichst um deren langen Erhalt. Mütter mussten die Saumnähte am Bein herauslassen um die Hose ein weiteres halbes Jahr tragbar zu machen. Schließlich wurde das Hosenbein mit meist psychedelisch-bunter Borte um ein paar weitere Zentimeter länger gemacht. Gelbbraune Wildleder-Mokassins und der weiß-rot-grün geringelte Pulli, gelegentlich „Nicki" genannt, ergänzten unser erstes modisches Outfit. Einmal in der Woche machten wir uns ganz andere Gedanken um unser Erscheinungsbild. Meist montags war „Tag des Halstuches", wo wir als Jung- bzw. Thälmann-Pioniere unsere Verbundenheit zur DDR durch das Tragen der Pionierkleidung oder wenigstens des Halstuches bekundeten.

Vietnam und Angela

Schule, Fernsehen, Zeitungen – wir kamen an den Problemen unserer Zeit nicht vorbei. Der Krieg in Vietnam war das bestimmende Thema dieser Jahre: Unser Bild von diesem Krieg war geprägt von den Fotos vietnamesischer Kinder, die sich während amerikanischer Bombenangriffe ängstlich in den Splittergräben duckten, die schreiend vor Angst und Schmerz den Napalm-Bränden zu entkommen suchten. Wir waren aufgerufen mitzuhelfen, diesen Krieg zu beenden, und wir waren überzeugt, durch die in Altpapiersammelaktionen erlangten Geldspenden den Kindern in Vietnam tatsächlich helfen zu können. Dass unsere Solidarität richtig war, bewiesen uns Zeitung und Fernsehen, denn weltweit demonstrierten die Menschen gegen diesen Krieg: in Washington, in Westberlin, in Rom oder Paris.

In den USA wurde sogar eine junge farbige Frau ins Gefängnis geworfen. Folgerichtig galt unsere Solidarität Angela Davis. Als sie freikam, wussten wir, dass unsere Briefe, die wir in der Schule an sie schrieben, maßgeblich dazu beigetragen hatten.

Verzweifelte Menschen

Als wir im Sommer 1968 Panzer durch den Thüringer Wald, das Vogtland, das Erzgebirge und das Elbtal rollen sahen, als viele unserer Väter zum Reservedienst in der NVA eingezogen wurden und wir im Fernsehen mit den Bildern verzweifelter Menschen in Prag konfrontiert wurden, die sich den Panzern entgegenstellten, da wussten wir, dass Krieg nichts Fernes und Frieden nichts Endgültiges ist. Wir pflegten weiter die Freundschaft zur Sowjetunion, aber wir bekamen eine erste Ahnung davon, vielleicht doch nicht in der besten aller Welten zu leben …

Freundschaft zur Sowjetunion wurde meist nur theoretisch praktiziert. Nur selten kam es zu Treffen mit Sowjetbürgern.

Hauptsache raus!

Ende der 60er-Jahre stabilisierte sich die DDR-Wirtschaft und das hatte Auswirkungen auf die Möglichkeiten der Urlaubsgestaltung. Die Betriebs- und Gewerkschaftsferienheime, die in diesen Jahren entstanden, waren großzügig und durchaus auf der Höhe der Zeit. Allerdings war ihre Kapazität begrenzt, ebenso wie die über den zentralen Feriendienst angebotenen Auslandsurlaubsplätze in der Sowjetunion, in Bulgarien oder vereinzelt sogar in Jugoslawien!

Abgesehen davon, dass diese Ferienplätze für DDR-Verhältnisse enorm kostspielig waren, gehörte eine ordentliche Portion Glück oder – wie in so vielen Bereichen des Lebens – „Beziehungen" dazu, in den Genuss einer solchen Reise zu kommen. Alternativ dazu wurde Urlaub in den Familien unabhängig organisiert. Camping kam groß in Mode und Zeitungen wie die „Wochenpost" annoncierten regelmäßig eine Vielzahl privater Ferienquartiere im Harz, Thüringer Wald, seltener an der Ostsee oder der Brandenburger oder Mecklenburger Seenplatte. Wichtig war nicht die Entfernung zum Urlaubsziel, sondern dass man aus dem gewohnten Alltagstrott herauskam und Zeit für die Familie hatte.

Prager Frühling

Im Frühjahr 1968 ruht die Hoffnung vieler Menschen innerhalb des sozialistischen Lagers auf der Tschechoslowakei. Gewissermaßen von zwei Seiten – der regierenden kommunistischen Partei und einer innerhalb der letzten fünf Jahre gewachsenen demokratischen Volksbewegung – wird versucht, dem Sozialismus in der CSSR ein „menschliches Antlitz" zu geben. Die breit angelegten Reformen auf politischem, wirtschaftlichem und kulturellem Gebiet kulminieren im „Prager Frühling": Die Medienzensur wird vollständig abgeschafft, das Aktionsprogramm der regierenden Kommunistischen Partei der CSSR stellt einen umfassenden Demokratisierungsprozess und eine eigenständige, von der UdSSR unabhängige Außenpolitik in den Mittelpunkt ihrer Aktivitäten.

Am 20. August 1968 bilden sowjetische Kampfverbände Brückenköpfe auf tschechoslowakischem Staatsgebiet und ermöglichen so den Einmarsch von Truppen des Warschauer Vertrages. Im Gegensatz zu den sowjetischen, ungarischen, polnischen und bulgarischen Truppen beteiligt sich die NVA nicht am Einmarsch, sondern verbleibt in den Bereitstellungsräumen auf DDR-Gebiet.

Für viele Kinder gehörte die Fahrt ins Ferienlager zur Sommer-Normalität.

Unterwegs

Etwas ganz Besonderes war es, wenn es der Familie gelang, einen Auslandsurlaub zu organisieren. Da lernten wir die ČSSR und die „Goldene Stadt" Prag kennen, wo es „Donald" und „Pedro"-Blasenkaugummi zu kaufen gab, und unsere Eltern besorgt vom „Prager Frühling" erzählten.

Für viele Kinder unserer Generation war zweimal Urlaub im Jahr keine Seltenheit, denn neben den Urlaubsfahrten mit den Eltern hatten wir außerdem die Möglichkeit, ins Ferienlager zu fahren. Da gab es die Zentralen

Ein Glückstreffer, wenn die Familie einen Urlaubsplatz an der Ostsee erhielt.

Pionierlager, die meistens nur handverlesenen Mitschülern vorbehalten waren und eine Vielzahl von Betriebsferienlagern der Großbetriebe. Ob im Zelt oder im alten Schloss, im Erzgebirge oder an der Ostsee – diese Lager boten häufig wirkliche Erlebnisferien.

Jugendzeitschriften

Mit dem „Gesetz zum Schutze der Jugend" vom 15. September 1955 wandte sich die DDR dezidiert gegen die Beinflussung von Kindern und Jugendlichen durch die „imperialistische Comic-Kultur" und ging ihrerseits dazu über, ein durchaus breitgefächertes Spektrum an jugendgemäßen Zeitschriften zu entwickeln und herauszubringen. War die Mehrheit der Publikationen natürlich primär ideologisch ausgerichtet (Pionierzeitung „Trommel"; FDJ-Organ „Junge Welt"), konnten sich – wenngleich in durchaus harten Auseinandersetzungen mit Partei und Staatsführung – die beliebtesten, monatlich erscheinenden Zeitschriften „Atze" und „Mosaik" eine künstlerische und gewisse inhaltliche Eigenständigkeit bewahren.

Die Abenteuer der Digedags, der Mäusebrüder Fix und Fax oder Pat's Reiseerlebnisse zogen jeden Monat Abertausende Kinder und Jugendliche in ihren Bann. Heute sind die Originalhefte begehrte Sammlerobjekte. Trotz seiner vordergründigen, stark ideologischen Ausrichtung zählte das Pioniermagazin „Frösi" zu den beliebten DDR-Jugendzeitschriften: Es war aufwendig gestaltet, mit „Gimmicks" wie 3D-Brillen oder Zerrspiegeln ausgestattet, bot regelmäßig ein „Bild des Monats" als beiliegenden Kunstdruck und wartete mit hochwertigen, an Hal Fosters „Prinz Eisenherz" erinnernden Bildgeschichten („John Bird, der Geächtete"; „Sterne von Eger") auf.

Die „Bummi-Zeitung" für Vorschulkinder sowie die „ABC-Zeitung", die im Unterstufenunterricht eingesetzt wurde, rundeten das Spektrum ab.

Leseratten

Kaum hatten wir Lesen gelernt, war kein Buch mehr vor uns sicher. Die DDR war ein Leseland. Natürlich wurde selektiert, was gelesen werden durfte, und mancher von uns, der sich in der Schule bei der heimlichen Lektüre eines zerfledderten Micky-Mouse-Heftes erwischen ließ, bekam dieses von verdienten Pädagogen des Volkes mit den Worten „Das!-ist! Schund!-Und!-Schmutz!-Literatur!“ um die Ohren gehauen.

Dennoch konnte sich das Buchangebot, zumal für junge Leser, sehen lassen. Wir begannen unser aktives Leseleben mit dem „Wolkenschaf“ oder „Hirsch Heinrich“, den wunderschön illustrierten Bilderbucherzählungen Fred Rodrians. Ganze, umfangreiche Buchreihen schließlich waren für uns konzipiert: die „Trompeter-Bücher“, „Robinsons billige Bücher“, „Knabes Jugendbücherei“ oder die Reihe „Spannend erzählt“. Die boten neben ideologisch-linientreuen Geschichten aus der deutschen Arbeiterbewegung („Der kleine Trompeter“), der Sowjetunion („Timur und sein Trupp“) oder dem internationalen Friedenskampf („Die Geschichte von Heiners Groschen“) ein bemerkenswertes Spektrum internationaler Autoren wie Stevenson, Cooper, Dumas oder Twain oder anderer Klassiker der Abenteuerliteratur.

Es gab sogar zeitgenössische Kinder- und Jugendliteratur aus der BRD. James Krüss war beliebt und Anfang der 70er-Jahre erschien Leonie Ossowskies verfilmter Jugend-Klassiker „Die große Flatter“. DDR-Autoren erlangten Kultstatus, so Willy Meincks „Marco Polo“ oder Kurt Davids „Schwarze-Wolf“-Geschichten, die historischen Romane Ludwig Renns oder die Sagenadaptionen Franz Fühmanns, die sorbischen Krabat-Märchen Jurij Brezans oder die Indianererzählungen von Liselotte Welskopf-Henrich. Unschlagbar und in seiner Wirkung den anderenorts gelesenen Tolkien-Geschichten vergleichbar aber war der in seiner Fortsetzung von uns jeweils sehnsüchtig erwartete Mehrteiler des sowjetischen Autors Alexander Wolkows um den „Zauberer der Smaragdenstadt“:

Mit der Taschenlampe unter der Bettdecke begleiteten wir nachts das Mädchen Elli und ihre Freunde, den Scheuch, den Eisernen Holzfäller, den Tapferen Löwen und den Hund Toto auf ihren Abenteuern in Goodwins Wunderland.

Erste Liebe, **erster Kuss**

Der Besuch im Hallenbad gehörte zu unseren beliebtesten Freizeitbeschäftigungen.

Mit dem eigenen Kopf

So um das Jahr 1972 herum begannen wir uns selbst und unser aufregendes Umfeld mit Kino, Bad und Fußballplatz zu entdecken.

Wir bekamen zunehmend unseren eigenen Kopf mit adäquater Frisur, wollten lieber unter Gleichaltrigen als in Familie sein, wollten uns kleiden wie die Freunde und Freundinnen unserer großen Schwestern und Brüder und entdeckten, dass es unserer Meinung nach vieles gab, wodurch wir uns von den „Alten“ unterschieden. Klar, dass das die berühmten Generationskonflikte mit sich bringen konnte. Musste aber nicht: Wir

Chronik

21. Januar 1971
Mitglieder des Politbüros um Honecker beschweren sich bei Breshnev über Ulbricht. Sie bitten Breshnev, sich für dessen „freiwilligen Rücktritt“ einzusetzen.

21. Oktober 1971
Die DDR beschließt die Förderung des privaten Wohnungsbaues für Arbeiter und Kinderreiche.

24./25. April 1972
Nach der „Tanzmusikkonferenz“ wird Jazz und Beat in der DDR salonfähig. Kurioserweise bleibt Rock'n' Roll geächtet.

6. Oktober 1972
Staatsrat beschließt Amnestie für mehr als 32 000 politische und kriminelle Häftlinge: 2000 von ihnen werden in die BRD abgeschoben.

28. März 1973
Honecker legitimiert in einer Ansprache beiläufig den Empfang „westlicher Massenmedien ... die jeder bei uns nach Belieben ein- oder ausschalten kann“.

12. Juni 1973
Die DDR stellt Antrag auf Aufnahme in die UNO.

28. Juli bis 12. August 1973
X. Weltfestspiele der Jugend und Studenten in Ostberlin.

1. August 1973
Walter Ulbricht verstirbt im Alter von 80 Jahren.

19. Dezember 1973
DDR-Bürgern wird, sofern sie über Devisen verfügen, der Einkauf im „Intershop“ gestattet.

25. April 1974
Enttarnung des persönlichen Referenten von Bundeskanzler Willy Brandt, Günter Guillaume, als DDR-Agent. Rücktritt Brandts.

3. Mai 1974
Honecker bestätigt ausdrücklich den Schusswaffeneinsatz bei der Verhinderung von „Grenzdurchbruchsversuchen“.

hatten nämlich in der Regel relativ junge Eltern – Väter und Mütter, die ihrerseits in den 50ern mit Jeans, Petticoat und Boogie-Latschen zu Swing, Jitterbug und Rock 'n' Roll auf die Säle gezogen waren und in den 60ern Beatles hörten. Einige entdeckten aktuell, vor allem in den Städten, die Kellerclubs für sich und schwangen zu Burt Bacharach, Shirley Bassey, Theo Schumann oder Chris und Frank das Tanzbein. Klar: Die väterliche und mütterliche Autorität sollte möglichst gewahrt bleiben, letztendlich aber ließen uns unsere Eltern recht verständnisvoll gewähren und räumten uns Freiräume ein, von denen wir glaubten, dass wir sie uns hart und redlich erkämpft hätten.

Der Kosmos

Es war der „Kosmos“, dem wir eine neue Welt verdankten. Nein, die Rede ist nicht vom Weltraum, dessen Eroberung seit amerikanischer Mondlandung und sowjetischem Mondmobil „Lunochod 1“ zu stagnieren schien. Die Rede ist vom Transistorradio Kosmos, einem vielleicht zehn mal zehn Zentimeter großen Mittelwellenempfänger mit Knopfzellen genannten, aufladbaren Batterien. Der war unser Tor zur Welt, zur wunderbaren Welt von Rock und Pop, für die wir eine manische Begeisterung zu entwickeln begannen.

Wir waren seine treue Fangemeinde: Chefindianer Gojko Mitic.

Egon Olsens „mächtig-gewaltiger Plan" ging immer schief. Übrig blieb am Ende eines jeden Olsenbanden-Filmes eine Freundschaft, die auch Egons Knastjahre überdauerte.

Auf dem Friseursitz

Kino war das Größte! Drei-, viermal die Woche gingen wir mit der Clique, mit Freund oder Freundin, in die großen Lichtspielhäuser der Städte, in die Schauburg, das Capitol oder den Luxor-Palast. Auf den Dörfern war regelmäßig der Landfilm mit den neuesten Streifen zu Gast. 50 oder 80 Pfennig kostete der „Friseursitz", der Sitz in der ersten Reihe. Für eine so geringe Belastung des wöchentlichen Taschengeldes nahm man gern ein steifes Genick in Kauf. Geguckt wurde alles: Märchen, Krimi, Western, Musik-, Abenteuer-, Sandalen- und Monumentalfilm. Unsere Lieblingsfilme waren „Das Mädchen auf dem Besenstiel", die „Olsenbande", „Blutige Erdbeeren", „Little big man" „The last walz" oder „The Rose".

Der ungeschlagene Favorit aber war der jährliche Defa-Indianerfilm mit Gojko Mitic. Kein Mädchen, das nicht den Chef-Indianer anhimmelte; kein Junge, der nicht sein wollte wie er. Nicht alle Filme, für die wir uns interessierten, waren für unsere Altersklasse zugelassen. Jungs waren jedoch Meister im Umgehen der Altersbeschränkungen. „Clogs" genannte Schuhungetüme mit sechs Zentimeter dicken Sohlen machten mangelnde Größe wett, mit abgebrannten Streichhölzern ließ sich der leichte Flaum zum pupertären Oberlippenbart nachdunkeln – voilà, fertig war der Sechzehnjährige, der Zugang zur (grottenschlechten, aber vielversprechenden) englischen Klamotte „Bitte keinen Sex, wir sind Briten" bekam.

Mädchen hatten es, biologisch bedingt, leichter, die ältlichen Platzanweiser durch taktisch geschickt angebrachte Zusatzpolsterungen über ihr wahres Alter zu täuschen. Apropos Jungs und Mädchen: Dass das Kino in Sachen erster zwischenmenschlicher Kontakte und früher Kusserfahrungen eine wichtige Rolle spielte, dürfte international verbreitet und durchaus keine DDR-typische Erscheinung gewesen sein.

Die Charts

Mehrmals in der Woche, heimlich unter der Bettdecke, fieberten wir mit bei den „battles of the bands", bei „Schlager der Woche" oder beim „Schlager-Derby", das Karl-Ludwig Wolf, genannt „Karlo", im DLF moderierte und unser absoluter Favorit war. Der Ausgang der Duelle um die Spitzenplätze in den Charts wurde tagelang in den Schulen diskutiert, wobei es regelmäßig zu Streitigkeiten zwischen Mädchen und Jungen kam. Die Mädchen schwärmten für David Cassidy, was die Jungs, die auf T-Rex, Slade und Sweet standen, natürlich mit völliger Verachtung straften. Wir hörten jedoch nicht nur „Feindsender", wenngleich bei den meisten unseres Jahrgangs dort die musikalischen Sympathien lagen.

Immerhin etablierte sich im Ostblock eine respektable Rock-Kultur: Polen hatte Cszeslav Niemen und die fantastische Hippie-Tante Maryla Rodowicz, Ungarn mit Fonograf oder Omega sogar international respektierte Bands und Interpreten, und das Spektrum der DDR-Musiker mit Renft und den Puhdys war auch nicht zu verachten.

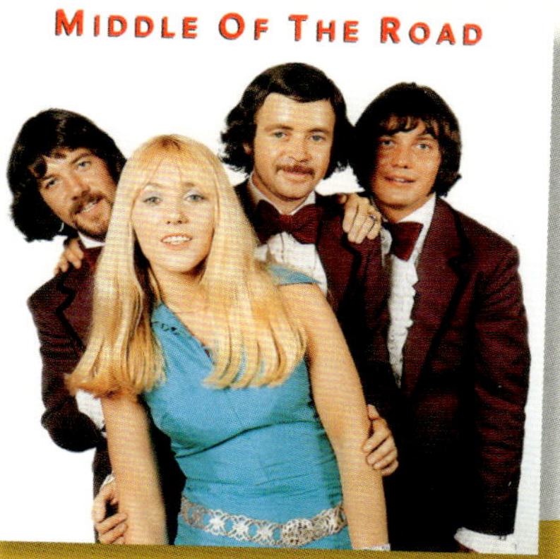

Lieferten 1972/1973 unsere Sommerhits:Middle of the Road.

DT 64

Die Medien der DDR konnten sich internationalen Trends nicht verschließen und brachten eigene Programme auf den Markt. Jugendradio DT 64 hatte bereits eine lange Tradition, im Laufe der Jahre kamen Spartenprogamme wie „Musikalische Luftfracht" hinzu, oder „Duett – Musik für den Recorder", wo jeweils halbstündig eine internationale Band bzw. eine einheimische Gruppe mit einer Schallplatte „zum Mitschneiden" vorgestellt wurde.

Eine ziemliche Sensation für uns war der Start der Jugendsendung „rund" im DDR-Fernsehen anlässlich des Internationalen Jugendfestivals 1973. Wir trauten unseren Augen kaum, als tatsächlich „Middle of the Road" auftrat, jene Pop-Band um Sängerin Sally Carr, die damals mit Hits wie„Sacramento" oder „Yellow Boomerang" in unserer Gunst ganz weit vorne lag.

Reförmchen

Um der wachsenden Unzufriedenheit in der Bevölkerung entgegenzuwirken, erlässt die Partei- und Staatsführung um das Jahr 1972 eine Reihe kleinerer Maßnahmen. Auf der Grundlage des Transitabkommens wird Bürgern der Bundesrepublik und Westberlins die Einreise in die DDR erleichtert: Zu Ostern und Pfingsten 1972 nutzen über eine Million Bundesdeutsche die Gelegenheit zu einer Besuchsreise zu ihren Verwandten in der DDR. In dringenden Familienangelegenheiten wird sogar DDR-Bürgern die Reise nach der Bundesrepublik und Westberlin ermöglicht. Auslandsreisen in die Staaten des sozialistischen Lagers werden etwas vereinfacht, denn nach der UdSSR und Polen kann man nun pass- und visafrei in die CSSR fahren.

Besonders Jugendliche beschäftigt in diesen Tagen der „Tanzmusik-Kongress": Wurde noch Mitte der 60er Beatmusik verboten und in Leipzig die Demonstration der „Beat-Freunde" von Staatssicherheit und Volkspolizei auseinandergetrieben, so erfahren jetzt Folk, Beat und diverse bis dahin verpönte Jazz-Spielarten ihre Rehabilitation. Mehr noch. Die Kulturverantwortlichen drängen ihrerseits darauf, eine DDR-eigene jugendgemäße Musikszene zu entwickeln. Die kleinen Reformansätze mindern den wachsenden Unmut der Bevölkerung kaum. Zu offensichtlich wird, dass die zum Ende der 60er-Jahre in Ansätzen spürbaren Liberalisierungstendenzen stagnieren und das Ulbricht-Regime das Land in eine Misswirtschaft hineinsteuert.

Eine Stufe weiter

Die „kleinen" Klassen ließen wir hinter uns. Freuten wir uns auf Klasse 5? Sicher, denn wir empfanden den Einstieg in die Vielzahl der neuen Fächer in der Mittelstufe als Schritt zum Erwachsenwerden. Kein Kinderkram mehr – Heimatkunde, Schulgarten, pah! Biologie, Geografie, Geschichte – das klang schon ganz anders! Fremdsprachen kamen dazu: Russisch und wahlweise Englisch oder Französisch. Leider waren wir ziemlich sprachfaul, was sich viel später bitter rächen sollte. Warum aber damals Sprachen lernen, wenn man aus dem DDRchen ohnehin nicht rauskam? Der Kult um die große ruhmreiche Sowjetunion ging uns ziemlich auf den Zeiger, sodass wir nur widerwillig russische Vokabeln paukten.

Englisch mochten wir, gab es uns doch Gelegenheit, die Texte unserer Lieblingssongs zu verstehen und gelegentlich mitzusingen. Leider aber war das Schulfernsehprogramm, das die Englischlektionen begleitete, nicht

Plateausohlen, Cajalstift und Dutzende Hits. Unsere Langzeit-Favoriten The Sweet.

unbedingt geeignet, uns zu sprachlichen Höchstleistungen anzuregen: Wenn uns Miss Diana Loeser zu „another Lesson of English for You" begrüßte, setzte meist das Gähnen ein, und wenn schließlich „Tom and Peggy" uns in peinlichen und angestaubten Spielszenen etwas über den zitronenzerquetschenden „rent collector" oder andere Unsympathen aus der kapitalistischen Welt zu wissen gaben, war es mit unserer Begeisterung leider restlos vorbei.

Ungeliebter DDR-Alltag ins Englische transformiert.

Natürlich Fußball

Ob Fan oder nicht, es gab in diesen Jahren kaum jemanden, der am Phänomen Fußball vorbeikam. Wir auch nicht, dafür sorgten schon unsere Väter, die am Samstagnachmittag den Fernseher stundenlang für sich reklamierten, um erst bei „Sport aktuell" die DDR-Oberliga und später in der „Sportschau" die Bundesliga zu verfolgen und sehr sachverständig („alles Nichtskönner!", wahlweise auch „Idioten", „Versager" oder „Schlumpschützen") zu kommentieren.

Gelegentlich gingen wir mit unseren Vätern oder älteren Freunden am Samstag ins Stadion, um den Lokalmatador anzufeuern. Natürlich kickten wir selbst, viele von uns richtig aktiv in Nachwuchs-, Schul- oder Jugend-Betriebsmannschaften, die meisten aber einfach so zum Spaß mit Freunden auf dem Bolzplatz, wo gelegentlich Mädchen in diese „Männerdomäne" einbrechen durften.

Der Sparwasser-Schock. Jürgens legendärer Treffer gegen das Team der Bundesrepublik.

1974

Länderspiele, die im Radio oder Fernsehen übertragen wurden, waren Straßenfeger: Ganze Städte verwaisten in den Abendstunden und aus den geöffneten Fenstern der Häuser konnte man den Jubel über gekonnte Aktionen wie enttäuschtes Fluchen über „Buschners Kasperle-Theater" hören, wenn die DDR-Fußball-Nationalmannschaft die Erwartungen ihrer Anhänger nicht erfüllte.

Überhaupt war unser Verhältnis zu unseren Fußballspielern eigenartig ambivalent und irgendwie typisch für unser gesamtes Verhältnis zur DDR. Das wurde besonders 1974 zur Fußball-WM deutlich, denn natürlich fieberten wir zuerst mit der bundesdeutschen Elf um Mayer, Beckenbauer, Müller, Overath, Breitner oder Schwarzenbeck. Dafür hatten die Fußball-Bilder in der Verpackung der von „drüben" geschickten Sprengel-Schokolade schon gesorgt. Wir kannten alle Spieler und fanden das Team einfach Spitze und unschlagbar. Aber wie haben wir gejubelt, als Sparwasser das legendäre Siegestor der DDR-Mannschaft gegen die Bundesrepublik schoss!

Erste Liebe

War es im Ferienlager, beim Rundendrehen in der Hofpause, im Park hinter der Schule oder in der Milchbar? So um das zwölfte, dreizehnte Lebensjahr herum passierte etwas Komisches mit uns. Die Eltern bemerkten das oft schneller als wir selbst, wenn wir mit seltsam abwesenden Blick noch ansprechresistenter als üblich waren.

Wir entdeckten, dass es ein bisschen mehr geben musste zwischen Jungs und Mädchen als nur das bislang vertraute gemeinsame Lernen und Spielen. Wir verliebten uns nämlich das erste Mal, mit allen Höhen und Tiefen, der Euphorie erster tiefer Zuneigung und dem Schmerz erster bitterer Enttäuschungen. Wir ergriffen ziemlich gleichberechtigt die Initiative, wenn uns jemand gefiel. Händchen wurden gehalten, Arme um Schultern gelegt. Wir kicherten nicht mehr, wenn wir irgendwo – was damals überhaupt nicht selten war – Pärchen beim Knutschen in der Öffentlichkeit bemerkten.

Tja, und in der Schuldisko, bei der meist der ältere Bruder eines Mitschülers Platten auflegte bzw. Bänder vom „Smaragd"-Spulentonband abspielte, geschah es: der erste Kuss – der Hammer! Bevorzugt passierte das natürlich bei einem „Schleicher", einem jener langsamen Musikstücke, bei denen wir unsere ersten Engtanz-Versuche absolvierten: Tommy James' „Crimson and Glover", Moody Blues „Nights in White Satin"oder „A whiter Shade of Pale" von Procol Harum waren zwar in diesen Tagen nicht mehr brandneu, aber auf Jahre hinaus unschlagbar, was Anbahnung und konkreten Vollzug zwischenmenschlicher Kontakte anbelangte.

Ade Friseur!

Die Hosenbeine unserer geliebten Jeans oder der aus Zeltstoff von Oma genähten Schlaghose wurden weiter, die Absätze höher und die Haare länger: Je nach persönlichem Mut, je nach Toleranz von Lehrern und Schulleitern oder der Grundeinstellung im Elternhaus differierten unsere Haarlängen vom vorsichtigen Bedecken der oberen Ohrkante über die Modelle „Pilzkopf", „Prinz Eisenherz" oder „Brian Connolly" bis hin zur Schulterlänge.

Mädchen trugen gern „hinternlang", vereinzelte ganz Mutige sogar einen Afro-Mob. Die Zeiten, in denen man wegen der Haarlänge angepöbelt wurde oder schulische

Oft wurde aus langjähriger Kinderfreundschaft erste Liebe.

Langsam, langsam wachsen die Haare
und die „Matte“ wird länger ...

Konsequenzen zu befürchten hatte, schienen der Vergangenheit anzugehören. Friseure müssen in diesen Jahren einen schweren Stand gehabt haben. Der Spruch „Rundschnitt, hinten hochrasieren und ansonsten schön kurz, vor allem über den Ohren“, den wir, auswendig gelernt, als Kinder im verhassten Friseursalon hatten herbeten müssen, hatte ein für alle Mal ausgedient. Dass wir nun auch wohlmeinende Anverwandte nicht mehr an unsere Haupteszierde heranließen, verstand sich von selbst.

Ohne Poster?!

Wenn man uns rückblickend fragt, worin sich das durchschnittliche Zimmer eines DDR-Teenagers von dem seines gleichaltrigen Verwandten in der Bundesrepublik grundsätzlich unterschieden haben mag, gibt es meist eine gemeinsame Antwort: im Fehlen von Postern! Bücher und Jugendzeitschriften, Kakteen und der unvermeidliche Globus, Flugzeugmodelle, gelegentlich der Teddy oder die Puppe, von der man sich nicht trennen mochte, und das unübersichtliche Chaos herumliegender Kleidungsstücke – das alles gab es „hüben“ wie „drüben“. In unseren Zimmern aber gab es zu unserem Leidwesen – von wenigen Ausnahmen einmal abgesehen – keine Poster. Es gab keine bei uns. Wir wollten aber doch auch einen jugendgemäßen Wandschmuck haben! Also taten wir das, was man später als typisch für das Leben in der DDR charakterisieren sollte.

... und allmählich werden wir die, vor denen uns unsere Eltern immer gewarnt haben.

Wir organisierten und improvisierten. Kein Poster der Lieblingsgruppe? Kein Problem, an jeder Schule gab es einen, der mit „Beat-Bildern“ dealte, die aus eingeschmuggelten BRAVOs oder direkt aus Ilja Richters „Disco“ vom Fernseh-Bildschirm abfotografiert wurden. Auf den teuer bezahlten Fotos war zwar kaum etwas zu erkennen, aber egal: Hauptsache, wir hatten unsere Idole endlich über Liege oder Schreibtisch hängen. Ähnlich begehrt waren für uns die Comic-Helden; die Disney-Figuren oder Rolf Kaukas Fix und Foxi. Hier konnten wir uns leichter helfen und mithilfe der damals inflationär verbreiteten Kaugummi-Bilder selbst kreativ werden. Freihändig oder mit Unterstützung eines seinerzeit beliebten Zeichengerätes, einem „Storchenschnabel“, konnten die Bildmotive auf Zeichenkarton übertragen und bis zur Postergröße vergrößert werden.

Festival 1973

„Ja, ja, wir treffen uns/ auf jeden Fall/ Sommer 73/ zum X. Festival“ war der DDR-Sommerhit des Jahres 1973. Die DDR demonstrierte Weltoffenheit und lud die Jugend und Studenten der Welt in die Hauptstadt Berlin ein. Schüler der großen Klassen oder Studenten, die uns als Gruppenleiter in den Ferienlagern betreuten, sprachen begeistert von diesem gigantischen Meeting in Berlin, denn wo und wann sonst hatte man Gelegenheit, mit spanischen, französischen oder sogar amerikanischen Jugendlichen zusammenzukommen, zu musizieren und zu tanzen. Dass kritischen Gruppen die Einreise verwehrt blieb, erfuhren wir erst viel später, ebenso, dass zum Festival nur „gesiebtes“ Personal fahren durfte.

Wir selbst waren ohnehin zu jung, um in Berlin dabei sein zu dürfen, auch wenn die Polit-Stars unserer Kindheit dort waren wie Angela Davis, die wir ja schließlich mit freigekämpft hatten. Wir lernten stattdessen im Unterricht die Festivallieder und malten Festivalblumen, die in diesem Sommer die Fenster unserer Schulen schmückten. Außerdem lernten wir etwas Neues kennen, denn zum Festival wurden Buttons genannte Anstecker verteilt!

Wir haben schließlich ganz schnell herausgefunden, dass man die Embleme entfernen und statt dessen durch Peace-Zeichen oder Beat-Bildchen aus der Verpackung westdeutscher Hitschler-Kaugummis ersetzen konnte.

Tschüss **Kindheit**

Give peace a chance

Langsam wurden wir erwachsen. Wir machten unsere Erfahrungen – freier vielleicht als manche anderen – mit dem anderen Geschlecht. Unser Rotwein kam vom Nordhang eines bulgarischen Bahndammes und unsere Musik blecherte aus Mono-Kassettenrecordern vom Typ „Sonett“ oder „Anett“, aber – Mann! – was hatten wir für eine Menge Spaß, und das jenseits verordneten Jugendlebens!

Klar, wir hatten weder Kreidler- noch Herkules-Mopeds, schon gar keine Honda-Bikes, sondern Simson-Mopeds, Schwalben oder MZ oder, im besten Fall, alte JAWA-Motorräder. Aber mit denen fuhren wir nach Ungarn (es soll sogar welche von uns gegeben haben, die mit dem S 50 bis nach Bulgarien gekommen sind). Gelegentlich donnerten wir, gern zum Ärger der Volkspolizei,

Chronik

30. April 1975
Mit der Kapitulation Saigons geht der Vietnamkrieg zu Ende.

10. Juli 1976
Giftgaskatastrophe von Seveso.

16. November 1976
Die DDR verkündet offiziell die Ausbürgerung Wolf Biermanns. Aus Protest verlassen weitere namhafte Künstler, darunter Manfred Krug, das Land.

27. März 1977
Schwerstes Unglück der Luftfahrtgeschichte. Auf Teneriffa kommen 583 Menschen beim Zusammenstoß zweier Flugzeuge ums Leben.

13.–17. Oktober 1977
Terroristen entführen die Lufthansa-Maschine „Landshut" nach Mogadischu.

28. Oktober 1977
Auf dem Höhepunkt der ersten Punk-Welle veröffentlichen die Sex Pistols ihr Album „Never mind the bollocks".

26. August 1978
An Bord des sowjetischen Raumschiffes Sojus 31 fliegt Siegmund Jähn als erster Deutscher ins Weltall.

16. Oktober 1978
Der polnische Kardinal Karol Wojtyla wird vom Konklave zum Papst gewählt.

16. April 1979
Um besser den Umlauf von Devisen kontrollieren zu können, führt die DDR die „Forum-Schecks" für den Einkauf im Intershop ein.

1. Juli 1979
Sony bringt den Walkman auf den Markt. Auf dem DDR-Schwarzmarkt zahlt man dafür über 1000 Mark.

16. September 1979
Zwei Familien fliehen mit einem selbst gebastelten Heißluftballon von Thüringen aus nach Bayern.

12. Dezember 1979
NATO-Doppelbeschluss zur Stationierung neuer Mittelstreckenraketen führt zu einem neuen Rüstungswettlauf und zur Verschärfung des Kalten Krieges.

Wir entdeckten neue Welten.

in „rockermäßiger" Formation in unsere Klubhäuser, wo wir, wie in einem unserer Lieblingsfilme „Blutige Erdbeeren – The Strawberry Statement" – in großen Kreisen auf dem Boden knieten und im Takt von Lennons „Give Peace a Chance" auf das Parkett einhämmerten.

In der Schule ging's in den Endspurt. Prüfungen standen an, geeignete Lehrstellen mussten gefunden werden, oder wir bereiteten uns an der „EOS" auf das Studium vor. Es wurde ernst!

Bald ist es so weit

Ja, nun war es offiziell: Wir wurden „von Amts wegen" in die Reihen der Erwachsenen aufgenommen. Wir erhielten unseren Personalausweis und Lehrer fragten uns, ob wir künftig mit „Du" oder „Sie" angesprochen werden wollten. Das Pionierhalstuch tauschten wir gegen das Blauhemd der FDJ ein.

Das alles passierte um jenes Ereignis herum, das wir als den absoluten Höhepunkt in unserem bisherigen Leben betrachteten: die Jugendweihe. Darauf wurden wir in den „Jugendstunden", die uns auf die Welt der Erwachsenen einstimmen sollten, vorbereitet: Betriebsbesichtigungen, Fahrten in die Mahn- und Gedenkstätten (meist nach Buchenwald), ein vormilitärischer „Marsch der Bewährung", und schließlich die Sitzprobe, in der wir die Abläufe des Festaktes probten. Mit Ausnahme der Buchenwald-Fahrt beeindruckte uns das alles ziemlich wenig.

Wir waren vielmehr mit Vorbereitungen wie dem Kauf der Jugendweihegarderobe beschäftigt. Für uns war es damals selbstverständlich, dass die Jungs Sakko und Schlips, die Mädchen lange Kleider trugen. Unsere Eltern mieteten Gaststättenräume an und luden die Verwandtschaft, natürlich auch die aus dem Westen, ein.

Jeder bekam es, keiner las es: Das offizielle Jugendweihe-Buch.

Ja, das geloben wir!

Schließlich war es so weit: Nervös und aufgeregt marschierten wir am Jugendweihe-Samstag in den Festsaal, nahmen Platz und lauschten dem Redner, der etwas von der Verantwortung junger Erwachsener in der sozialistischen Gesellschaft erzählte. Zum Jugendweihegelöbnis erhoben wir uns von den Plätzen und antworteten nach jeder Strophe der Litanei brav: „Ja, das geloben wir." Wir waren schließlich erleichtert, als wir nach Entgegennahme des Buches „Der Sozialismus – Deine Welt" endlich den offiziellen Akt hinter uns lassen und mit der Familie feiern konnten.

Aber um ehrlich zu sein, eigentlich ging es uns gar nicht sooo sehr um die Feier selbst. Was die Jugendweihe, abgesehen vom nunmehr offiziellen Erwachsenenstatus, so attraktiv machte, waren natürlich die erwarteten Geldgeschenke. Nichts wünschten wir uns sehnlicher, als über genügend Mittel zum Kauf der begehrten Kassettenrecorder oder gar eines eigenen Mopeds verfügen zu können.

Aufnahme in die Reihen der Erwachsenen.

Kassettenrecorder

An der Spitze unserer Wunschlisten stand der Kassettenrecorder. Wenngleich wir uns infolge von „Lieferengpässen" eine Zeit lang mit dem Kauf gedulden mussten, bot der DDR-Einzelhandel immerhin eine kleine Auswahl dieser Geräte an. Es gab die Mono-Rekorder „Sonett" und „Minett", das „Annett" mit integriertem Radio oder den schon fast luxuriösen „Stern-Rekorder" im noblen Holzgehäuse. Zwischen 500 und 800 Mark musste man dafür bezahlen, dafür ging das Jugendweihegeld in aller Regel komplett drauf.

Unser neues Hobby aber, das Mitschneiden und Musiktauschen mit unseren Freunden, blieb weiterhin ein kostspieliges Vergnügen, denn die ORWO-Kassetten waren teuer und von mäßiger Qualität. 20 Mark musste man für eine 60-Minuten-Kassette hinblättern. Wer Glück, Beziehung und damit Westgeld hatte, kaufte für rund fünf D-Mark im Intershop Kassetten von BASF.

Taschengeld selbst gemacht

Unser Leben wurde kostspieliger und wir gingen dazu über, uns das nötige Geld selbst zu verdienen. Da in der DDR Arbeitskräftemangel herrschte, war es kein Problem, ab dem 14. Lebensjahr in den Ferien zu arbeiten. Im Handel, in der Landwirtschaft, bei der Post oder in den Großbetrieben bestand immer Bedarf an Hilfskräften. Wir wurden recht gut bezahlt, hatten damit nicht nur genügend Kleingeld für die wöchentlichen Kino- und Disco-Besuche, sondern waren auch gewappnet, wenn der sozialistische Einzelhandel gelegentlich mit Überraschungen aufwartete.

Solche Überraschungen gab es, als uns die Jugendmode-Fachgeschäfte 1979 mit einem opulenten Sortiment von Levi's und Wrangler-Jeans zum Preis von knapp 100 Mark überraschten oder ein Klassenkamerad atemlos verkündete, dass es in der Musikabteilung des Centrum-Warenhauses eine Deep-Purple-LP zu kaufen gäbe. Natürlich erklärten wir ihn für bekloppt, um sofort zu verstummen, denn im gleichen Moment marschierten tatsächlich Schüler mit eben jener LP unterm Arm vorbei.

Wir fühlten uns stark.

Jagd auf LP

Bei dem Stellenwert, den Musik in unserem Leben einnahm, ist es nicht verwunderlich, dass wir buchstäblich „auf Jagd“ nach Schallplatten gingen. Unsere Jagdreviere waren vielfältig: Das Naheliegendste war es, zu beobachten, wann sich vor den Musikgeschäften an bestimmten Wochentagen eine Schlange bildete. Dann reihte man sich ein, fragte den vor einem in der Warteschlange Stehenden, was es denn gäbe und erhielt in der Regel ein Schulterzucken zur Antwort.

Es war schließlich auch egal, was es gab. Hauptsache, der Vorrat an raren „Amiga-Lizenz-Platten“ reichte, bis man an der Reihe war. Auf diese Weise kam der psychedelic-Fan zu Roger Whittaker oder der Schlagerfreund zu Jimi Hendrix, aber irgendwann trafen sich die beiden, um ihre Platten zu tauschen und die Musikwelt wieder in Ordnung zu bringen.

Egal woher

Manchmal standen Frauen sowjetischer Offiziere in den Fußgängerzonen der Innenstädte und verkauften Schallplatten: Dank unserer Russisch-Lesekenntnis entzifferten wir die kyrillisch transkripierten Namen englischer oder amerikanischer Bands, bevor wir den Frauen 20 Mark in die Hand drückten und die Scheiben buchstäblich aus selbiger rissen. Auch aus dem sozialistischen Ausland importierten wir Dutzende LP, vor allem aus Ungarn, wo es – wenngleich nur auf einem berüchtigten indischen Label („Dum Dum Records“, genauso klangen die Platten nach dem zehnten

Eine LP von Abba im Original war eine Rarität.

Jörg Stempel, der Geschäftsführer der Plattenfirma Amiga 1998.

Anhören!) – von ABBA bis Zappa nahezu alles gab, was das Herz begehrte. Ja, und schließlich gab es unter uns noch diejenigen, die das Wunder fertigbrachten, von 80 Mark Lehrlingsgeld 120 Mark für Original-Platten aus dem Westen zu löhnen. Wer mit Udo Lindenbergs „Dröhnland-Symphonie", Frank Zappas „Sheik Yerbouti" oder mit „Dynasty" von KISS in seiner Klasse, seinem Jugendklub oder in der Clique punkten wollte, musste sich das einiges kosten lassen.

Das Klubhaus, Ort fröhlichen Jugendlebens, aber auch von Kloppereien zwischen Punks und Hirschbeutel-Trägern.

Unser Jugendklub

Egal, ob in der Stadt oder auf dem Land, Klubhäuser waren ein fester Bezugspunkt unserer nachmittäglichen oder abendlichen Freizeit. Laienspielgruppen, Briefmarkenfreunde, Fotozirkel, Bibliotheken, künstlerische Arbeitsgemeinschaften – meist wurde ein respektables Spektrum organisierter Freizeitaktivitäten in den in der Regel zu einem Großbetrieb gehörenden Klubhäusern angeboten. Zwar wandte sich mancher von uns enttäuscht wieder von den Arbeitsgemeinschaften ab, etwa, wenn die Aktivität des Fotozirkels sich auf das Fotografieren der 1.-Mai-Demonstration oder den Besuch des Armee-Museums der DDR beschränkte.

Gern und von vielen aber wurden die Veranstaltungen angenommen, die im Rahmen der Klubhaustätigkeiten durchgeführt wurden. Da standen an erster Stelle natürlich die Discotheken, die man häufig mehrfach in der Woche organisierte. Meist gab es da ein „Kinderschubsen", so genannt, weil sich die Tanzveranstaltung vorrangig an die unter 16-Jährigen richtete. Die Kinderdiscos endeten um 21.00 Uhr und selbstverständlich wurde dabei nur „Karena"- oder „Mandora"-Limonade ausgeschenkt. Am Freitag oder Samstag aber steppte richtig der Bär, vor allem, wenn Live-Bands ins Discoprogramm eingebaut wurden und mancher von uns böse erste Erfahrungen mit Alkohol machen sollte. Faschings- oder Silvesterveranstaltungen waren regelmäßig ausverkauft, und man musste Glück oder – wie generell in unserem Lande – Beziehungen haben, wollte man an die begehrten Karten gelangen.

In den Klubhäusern machten wir unsere ersten (häufig einzigen) „seriösen" Tanzerfahrungen, denn wir erhielten in der „Tanzstunde" unseren Schliff fürs glatte Parkett: Foxtrott, Slow Walz und Wiener Walzer waren relativ harmlos, Modetänze wie Disco-Beat oder Kreuz-Beat hingegen konnten zur gefährlichen Angelegenheit werden, wenn man sich beim Seit-Kick in den weiten Säumen der Schlaghosen verhedderte.

Auch festlich-elegant konnten wir sein.

„Golf-Krise"

Das Ansteigen der DDR-Nettolöhne seit Beginn der 70er-Jahre bringt ein unerwartetes Problem mit sich: Wofür kann man sein Geld ausgeben? Konsumgüter stehen weder in ausreichender Menge noch in zufriedenstellender Qualität zur Verfügung. Um den Geldüberhang abzuschöpfen und die Unzufriedenheit der Bürger über die Versorgungslage mit hochwertigen Konsumgütern zu beschwichtigen, baut die DDR-Staatsführung das Netz der „Exquisit"- und „Delikat"-Läden deutlich aus, in denen neben anspruchsvollen Produkten aus dem Inland bzw. dem sozialistischen Lager auch Importe aus dem kapitalistischen Ausland erworben werden können. Außerdem werden bei VW in Wolfsburg 10 000 Pkw Golf bestellt, die für einen Preis von 31 000 Mark der DDR verkauft werden sollen. Dagegen wie gegen den Verkaufspreis von 42 000 Mark für Pkw vom Typ Volvo kommt es zu geharnischten Unmutserklärungen und Protesten: Die Staatsführung muss daraufhin ihre Preispolitik revidieren. Mit 19 000 Mark kostet der Golf fürderhin nur noch 2000 Mark mehr als der Wartburg. Dennoch führt die Einfuhr des Golfs zu bleibendem Unmut. Für die Mehrheit der Bevölkerung ist er das Fahrzeug von Funktionären oder von Handwerkern, die sich eine „goldene Nase" verdient haben.

Der Fleppen

Mopeds gaben uns neue Freiheit.

Zum Ende der Schulzeit konnten wir unsere „Moped-Fleppen“, ab dem 16. Lebensjahr sogar den Motorradführerschein machen. Die Fahrschule war preiswert, zumal viele von uns, Jungen wie Mädchen, ihre Fahrerlaubnis in der „Gesellschaft für Sport und Technik“ machten und dabei auf den vormilitärischen Charakter der GST pfiffen. Die begehrten S50-Mopeds hingegen waren teuer, und für viele ging der Wunsch nach den kleinen Flitzern erst mit den ersten Lohngeldern in der Tasche in Erfüllung. Dafür lohnte sich die Anschaffung, die Dinger waren flink und nahezu unverwüstlich. Ähnliches galt natürlich für die Motorräder MZ-Maschinen vom Typ ES 150, mit denen viele von uns ihre Kraftfahrkarrieren begannen. Sie waren alt und unattraktiv wie nur irgendwas, aber robust und leistungsfähig.

Biermann-Ausbürgerung

Der Sänger und Liedermacher Wolf Biermann ist der SED-Staatsführung seit vielen Jahren ein Dorn im Auge. Der bekennende Sozialist kritisiert seit den 60er-Jahren immer wieder die Missstände der Funktionärsdiktatur in der DDR. Als Biermann im November 1976 aufgrund einer Einladung der IG Metall in der Bundesrepublik weilt, wird ihm – illegal und hinterhältig – von den Behörden der DDR „das Recht zum weiteren Aufenthalt in der Deutschen Demokratischen Republik entzogen“. Die Wiedereinreise wird ihm verweigert. Der Schriftsteller Stephan Hermlin initiiert daraufhin eine in der DDR-Geschichte einmalige Solidarisierungs- und Protestaktion, der sich über einhundert Künstler und Kulturschaffende anschließen. Die SED reagiert zunächst mit Polemik, schließlich mit drastischen Maßnahmen: Künstler wie Gerulf Pannach oder Christian Kuhnert werden verhaftet und ausgebürgert. Schließlich verlassen Prominente wie Manfred Krug, Nina Hagen, Angelika Domröse oder Armin Müller-Stahl die DDR.

Unser kleiner Woodstock-Urlaub mit Kids aus aller Welt in Ungarn.

Wir entdecken die Welt

Gern nutzten wir die neue Mobilität zum Urlaub mit unserer Familie oder fuhren das letzte Mal in die Sommer- und Winterferienlager. Noch lieber aber machten wir uns daran, mit unseren Freunden die begrenzte, uns erlaubte Welt zu entdecken.

Man konnte, mit etwas Glück, eine Auslandsreise mit „Jugendtourist" ergattern oder aber die Sache selbst in die Hand nehmen. Wie man Individualreisen organisierte, hatten wir schließlich von unseren Eltern gelernt. Visa beantragt, Geld umgetauscht und aufs Geradewohl losgefahren. So kam es, dass sich jeden Sommer große Horden auf den Weg nach Süden machten. Horden, die man anhand von Jesuslatschen, Hirschbeuteln und geflickten Jeans leicht als DDR-Bürger identifizieren konnte.

Sie trampten, fuhren in den Gängen der überfüllten Züge oder machten sich sogar mit dem Moped auf den Weg. Ziel der Reise waren das Schwarze Meer, Prag und die Tatra mit dem obligatorischen Abstecher nach Brno zum Motorradrennen, bevorzugt aber Budapest und der Balaton.

Viele DDR-Großbetriebe boten selbst für 17-jährige Jugendliche noch Winterferienlager an.

Unter seinesgleichen

Die ungarischen Campingplätze wurden jedes Jahr von reise- und unternehmungslustigen Jugendlichen aus Berlin und Karl-Marx-Stadt, Erfurt oder Eisenhüttenstadt bevölkert. Auf den Zeltplätzen war man unter seinesgleichen, und nirgendwo sonst hatte man die Gelegenheit, so frei und ungezwungen mit

Gleichaltrigen aus der Bundesrepublik und Österreich, aus den Niederlanden oder den USA zusammen zu sein, sich auszutauschen oder gemeinsam abzufeiern, wobei durchaus ein Joint die Runde machen konnte. Selbst junge Leute aus der Sowjetunion und anderen sozialistischen Staaten lernte man einmal unter völlig anderen Umständen kennen.

Mit „Jugendtourist" nach Moskau.

Unser Sommer

Der Sommer 1978 war heiß, Mann! Wir okkupierten in Scharen die Freibäder, Kiesgruben und Stauseen, wo wir im Wasser tobten, die Rekorder aufdrehten und uns die Sonne auf den Bauch scheinen ließen. Wir verbanden das Angenehme mit dem Nützlichen, denn Prüfungsvorbereitungen waren angesagt, und die verlegten wir praktischerweise in diesem Sommer in die Freibäder. Nach der Gaudi des lautstark begangenen letzten Schultages, an dem wir als bizarr kostümierte Gruppen am frühen Morgen lärmend durch die Straßen zogen, schwitzten wir schließlich in den Abschlussprüfungen an den polytechnischen oder den Zwischenprüfungen an den Erweiterten Oberschulen.

Pogo-Tanzen

Die Sommerabende gehörten gleichfalls uns. Wir trafen uns mit Freund oder Freundin, kletterten gelegentlich über den Zaun des Stausees, um völlig hüllenlos zusammen im Mondlicht schwimmen zu gehen. Meist aber machten

Der lautstark begangene
letzte Schultag.

Heitere Prüfungsvorbereitung
am Baggersee.

wir die Clubs und Diskotheken unsicher, was in diesen Sommertagen ziemlich anstrengend war, denn musikalisch hatte sich gerade etwas Sensationelles getan. Punk und New Wave machte auch um die DJs keinen Bogen, die in sozialistischen Jugendclubs auflegten, und wir übten uns im Pogo-Tanzen, bis wir klatschnass waren. Natürlich lockte das schöne Wetter in die Freilichtbühnen zu den alljährlichen Sommerfilmtagen, doch dem obligatorischen DEFA-Indianerfilm („Severino") vermochten wir, nachdem wir in Ungarn „Hair" und „Apocalypse now" gesehen hatten, nichts mehr abzugewinnen.

Erwachsen?

„Summer's almost gone", sang Jim Morrison einst. Wo würden wir sein, am Ende des Sommers? Wir beendeten die Lehre, wurden, Männer wie Frauen, junge Facharbeiter oder LPG-Bauern. Der Arbeitsalltag und das sich Einrichten in den Gegebenheiten des real existierenden Sozialismus regelten fortan unser Leben. Wir hatten alle einen Job, ob es nun der Traumberuf war, sei dahingestellt. Nur selten brachen wir aus dem Alltag aus, trafen uns mit ehemaligen

Freunden, die zunehmend ihr eigenes Leben lebten und sich langsam rar zu machen begannen. Am günstigsten traf es jene, die nach der EOS oder dem zweiten Bildungsweg ein Studium aufnahmen und ihr „frohes Jugendleben“ ins nächste Lebensjahrzehnt retten konnten.

Manche heirateten mit 18 und bekamen das erste Kind, in der DDR durchaus keine Seltenheit. Selten war eher, dass diese Ehen lange hielten. Wohnungen wurden gesucht, ein nahezu aussichtsloses Unterfangen. Gelegentlich ergatterte man mit viel Glück eine Dachkammer, sogar Hausbesetzungen gab es in den Großstädten. In leer stehenden, maroden Altbauten richtete man sich provisorisch ein (DDR-Musiker wie Reinhard Lakomy oder Gerhardt Schöne machten sogar Lieder darüber), oder man blieb dort, bis im ersten Winter die Eiskristalle an den Wänden einen aus diesem Paradies vertrieben. Im Verlauf des Jahres 1979 wurden die Jungs unseres Jahrganges für den Dienst in der Nationalen Volksarmee gemustert und die ersten, sofern sie Glück hatten und nicht erst als Familienväter mit 26 Jahren „zur Fahne“ mussten, Ende des Jahres eingezogen. Hatten wir eine relativ unbeschwerte Kindheit und Jugend gehabt, wurden wir jetzt zunehmend kritischer, nicht selten aber auch hoffnungsloser oder angepasster. Wir waren erwachsen geworden, mit vielen Pflichten und wenig Rechten. Wir fanden unsere Lebenspartner, richteten uns ein, und vieles, was wir erlebt hatten und Inhalt unserer Kindheit und Jugend in der DDR war, verblasste zur schönen Erinnerung. Alles wurde damit ein bisschen kälter. „The winter's coming on“, sang Jim Morrison.

Der Wehrdienst brachte für viele von uns unweigerlich das Ende einer weitgehend unbeschwerten Kindheit und Jugend.

Für alle ab 18

Unsere Jahrgangsbände gibt es für alle Jahrgänge ab 1921 bis zum aktuellen 18. Geburtstag, auch als DDR-Ausgabe.

Sie suchen ein Buch …

… über Ihren Jahrgang?

… über Kindheitserinnerungen?

… über Ihre Stadt oder Region?

… mit regionalen Rezepten?

Sie finden es unter www.wartberg-verlag.de

Wartberg-Verlag GmbH
Im Wiesental 1
34281 Gudensberg-Gleichen
Telefon: (0 56 03) 93 05 - 0
Telefax: (0 56 03) 93 05 - 28
E-Mail: info@wartberg-verlag.de
www.wartberg-verlag.de